KB020527

DREAMBOOKS

전생자

전생자 7

초판 1쇄 인쇄 2018년 9월 18일
초판 1쇄 발행 2018년 10월 5일

지은이 나민채
발행인 오영배
기획 박성인
책임편집 김다슬
일러스트 eunae
디자인 권지연
제작 조하늬

펴낸곳 (주)삼양출판사 · 드림북스
주소 서울시 강북구 도봉로 173
대표 전화 02-980-2112 **팩스** 02-983-0660
편집부 전화 02-980-2116 **팩스** 02-983-8201
블로그 blog.naver.com/dreambookss
출판등록 1999년 3월 11일 제9-00046호

ⓒ 나민채, 2018

ISBN 979-11-283-9470-6 (04810) / 979-11-283-9410-2 (세트)

드림북스는 (주)삼양출판사의 판타지 · 무협 문학 브랜드입니다.

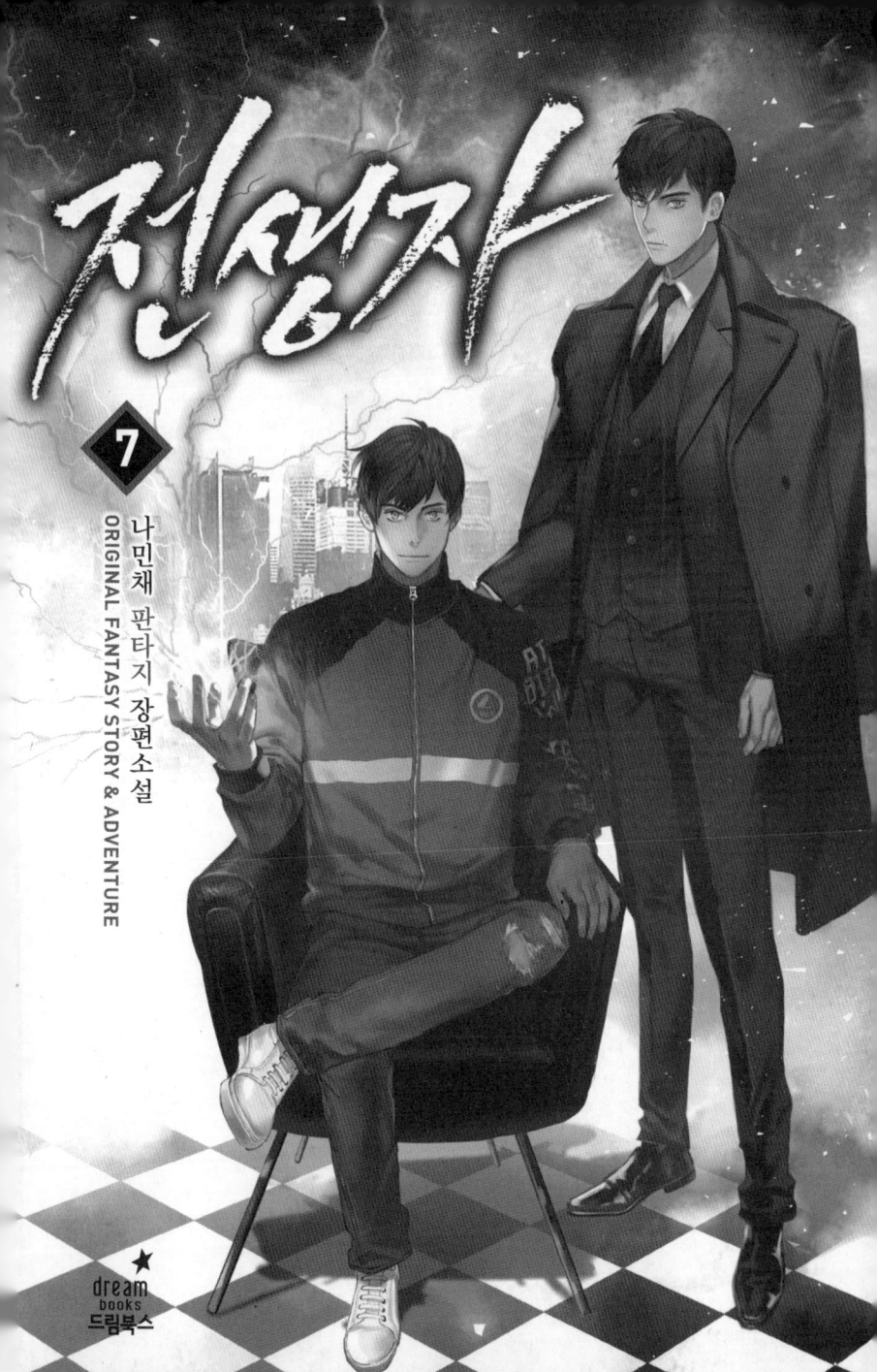

목차

Chapter 1.

체니는 지쳐 있었다.

정부에서는 아프가니스탄 전쟁을 퍼펙트한 전쟁이었다고 선전하지만, 직접 참전 중인 체니의 입장에서는 전혀 아니었다.

체니 같은 용병들은 점령 지역의 치안을 유지하는 일을 맡았다. 테러리스트들이 어린아이한테도 폭탄 조끼를 입혀서 보내오는 게 일상이었고, 그때마다 고통스러운 결정을 강요받았다.

돈이 절실한 입장이 아니었다면 진즉 고향으로 돌아갔을 것이다. 그러나 그 고향에는 소아암에 고통받고 있는 어린

아들이 있었다.

어느 날 화이트 워터의 간부가 계약 연장 서류를 들고 나타났다.

"다음 차례는 이라크야. 지금부터 파견 계약 연장을 독촉하는 걸 보면 기정사실화된 셈이지."

"조건은 같습니까?"

"그래. 하지만 자네 평이 좋더군. 그래서 더 나은 제안을 할까 하네."

간부는 새로운 서류를 테이블에 올렸다.

체니는 파견 지역과 고용 업체의 이름부터 훑었다. 그런데 거기는 전장이 아니었다.

고향인 텍사스주 안일뿐더러 고용 업체 또한 전쟁 산업과 거리가 멀었다. 그런데도 연봉이 30% 이상 상승 계산된 계약서였다.

체니는 이해할 수 없었다.

"뭐 하는 곳이고, 저는 어디에 배속되는 겁니까?"

"일단은 유해 위험 물질 처리소라고 해 두지. 거짓도 아니니까. 어쨌든 진실은 계약서에 서명을 한 뒤에 듣게 될 거네."

까짓것 전장보다 위험하겠는가.

어린아이의 이마에 총구를 겨눌 일도 없을뿐더러, 정기

휴가 때마다 아내와 아들을 볼 수도 있는 일이었다.

체니가 펜을 들었다.

* * *

"영락없이 방공호 같군요."

유해 위험 물질 처리소는 위장이었다. 실제로 지상 외부에 그런 시설을 갖추고 사업이 돌아가고 있긴 하지만, 진짜는 지하에 있었다.

"그게 맞아. 냉전 시기 때 지어졌다더군."

이데마가 대답했다. 체니의 사수로 배정받은 요원이었다.

그는 체니도 잘 알고 있는 인사였다. 화이터 워터 훈련생 시절, 이데마는 뛰어난 훈련 성적으로 좋은 계약을 따냈다고 알려져 있었다. 이데마뿐만이 아니다. 체니는 여기에서 걸출했던 훈련생들의 낯익은 얼굴을 여러 번 목격했다.

"아프가니스탄에서 왔지?"

"예."

"멀리 돌아왔군. 훈련소 성적이 나쁘지 않았던데, 아쉽네. 빨리 합류했다면 지금쯤 2급 레벨을 달았을 텐데 말이야."

"아직 아무것도 듣지 못했습니다. 제가 3급 레벨이라는 것 외에는."

"서두를 것 없어. 따라와."

체니가 볼 때 방공호를 고쳐서 만든 여기는, 보안 정도가 상당했다.

들어오는 출입구는 하나. 창고까지 내려가는 길마다 강화 차단문을 설치하여 어김없이 요원들을 배치해 두었다.

고성능 감시 카메라가 어디에나 존재했다.

누군가 창고까지 침입하기 위해선 관문을 차례대로 통과할 수밖에 없고, 그 이전에 이미 유해 위험 물질 처리소라는 위장 사업의 전 영역에 걸쳐 삼엄한 경비 태세가 갖춰져 있었다.

'무엇을 보관하고 있는 거지? 마약인가……'

"마약 같은 걸 지키고 있다 생각하겠지?"

체니가 깜짝 놀란 눈을 부릅떴다.

"아닙니다."

"처음엔 다 그래. 나도 그랬지. 이 정도까지나 보안을 유지해야 한다면, 대체 얼마만큼의 약이 쌓여 있는 건가 했다."

지하로 내려가는 통로는 길고 좁았다.

그보다 체니는 동작감지 센서에 반응해서 움직이는 감시

카메라들이 신경 쓰였다. 일거수일투족을 감시당하고 있는 게 분명했다.

"넌 바깥에 배치될 거다. 보직이 옮겨지지 않은 이상, 창고에 들어가 볼 기회는 오늘이 처음이자 마지막인 거지. 뭘 지키고 있는지 똑똑히 눈에 담아 둬. 문제가 발생한다면, 그것들을 회수하는 것도 우리 몫이니까."

그럴수록 체니는 더 궁금해졌다. 대체 뭘까. 대체 뭐지?

마지막 차단문의 보안 절차를 통과했다.

그런 체니와 이데마 앞에 펼쳐진 건, 정면을 큼지막하게 막아선 은행 금고문이었다.

그 앞에서 체니가 마지막 차단문의 요원에게 수신호를 보냈다.

요원이 수화기를 들었다.

"Cat Food Warehouse. 코드 번호 005."

마침내 금고문이 열리며, 체니는 서서히 벌어지는 틈새를 노려보았다.

예상과는 달랐다. 안은 마약이 수십 kg 단위씩 쌓여져 있는 것도 아니고, 그렇다고 금괴나 다른 보석으로 채워져 있지도 않았다.

체니는 이데마를 따라 창고 안으로 들어섰다.

다양한 크기의 캐비닛이 질서 정연하게 창고 안을 가득 채우고 있었다.

한편 각 캐비닛당 내용물 확인이 가능하도록 강화 유리 창이 존재했고, 내용물 이름표가 어김없이 붙어 있었다.

체니가 이데마를 쳐다보자, 이데마는 고개를 끄덕여 보였다.

그제야 자유로이 발걸음을 움직일 수 있게 된 체니는 가장 가까운 캐비닛으로 다가갔다.

그런 체니의 등 뒤로 이데마의 목소리가 부딪쳤다.

"눈으로 보기만 해. 조금이라도 손대는 즉시, 넌 아프가니스탄에서 돌아오지 못한 걸로 처리되니까. 큭. 뭘 그리 놀라고 그래."

웃으면서 넘긴 소리였지만, 결코 거짓이 아닌 것 같았다.

실제로 마지막 차단문에 있었던 요원들의 총구가 문 바깥에서 번뜩이고 있었다.

체니는 침을 삼켜 넘겼다. 그러고는 강화 유리 너머를 들여다보았다.

'가죽 장갑? 그냥 가죽 장갑이잖아…….'

체니의 시선이 이름표로 옮겨졌다.

「 분류 번호: F — 0001

　　이름: 사냥 장갑 」

그때부터 체니는 캐비닛의 유리창 너머를 훑으며 움직였
다.

내용물은 다양했다.

안경, 셔츠, 바지 등 지금 시절의 문화에 동떨어지지 않
은 것도 있는 반면 중세 시대에서나 쓸 법한 흉갑과 각종
무기류까지 무척 다양했다.

「 분류 번호: E — 0112

　　이름: 크시포스 강화사의 철퇴 」

그러던 체니의 발목을 붙잡은 건 장검 하나였다. 검날에
새겨진 기하학적인 무늬가 너무나 아름다웠기 때문이었다.

「 분류 번호: D — 0190

　　이름: 고결한 심판자의 최후 」

심지어는 원시 문명의 것으로 추정되는 것까지 있었다.

「 분류 번호: C — 0051

　이름: 고위 역병술사의 뼈 목걸이 」

체니는 무엇에 홀린 듯 방공호 끝까지 이동했다.

거기에서야 사방 군데로 고개를 돌리는 체니였다.

일 층으로만 둬서는 모든 내용물을 보관할 수 없기 때문에, 캐비닛들은 겹겹이 쌓여져 있기까지 했다.

체니의 두 눈 안에 담긴 건 온통 캐비닛들뿐이었다.

체니와 이데마는 지상으로 나왔다. 이데마가 벤치에 앉아 제 옆을 툭툭 쳐 보였다. 체니는 멍하니 서 있다가 급하게 앉았다.

이데마가 웃었다.

"그것들은 고양이 사료, 여기는 고양이 사료 창고. 그게 정식 코드명이다."

"그것들은 미스터리한 물건들인지요?"

"미스터리?"

"초자연적인 능력을 가진 고대의 유물 같은, 그런 거 왜 있지 않습니까. 믿기진 않지만 그것 외에는 달리 떠오르는 게 없습니다."

체니는 고양이 사료 창고의 보안 정도를 떠올리며 말했다.

"그럴 수도 있고 아닐 수도 있고. 보안 레벨이 올라가면 자연히 알게 될 일이지. 신입들은 저기부터 시작해."

이데마가 먼 전방을 가리켰다.

둘이 앉은 자리에서는 보이지 않지만, 방사능 마크가 찍힌 경고문들이 철창에 붙어 있었다.

그리고 일정한 거리로 경비 초소가 존재했는데, 이데마가 가리킨 건 그중 하나였다.

"전장에서는 테러리스트들과 싸웠겠지만 지금부터는 따분함과 싸워야 할 거다. 이만한 일은 죽었다 깨도 못 찾을 거라고 장담하지. 궁금한 점은?"

"……여기를 노리는 집단이 있습니까?"

"현재로선 없다. 다만 세상에 나가서는 안 될 물건이라는 것만큼은 분명하지. 혹시나 말하는데 이상한 마음은 품지 않았으면 좋겠군. 우리에게는 아무런 쓸모없는 물건이거든. 네가 들을 수 있는 건 여기까지야."

이데마의 시선이 외곽으로 돌아갔다. 체니도 이데마를 따라 고개를 돌렸다.

차량 한 대가 진입하고 있었다.

"새로운 고양이 사료들이 도착했나 보군."

"……어디에서 오는 것들입니까?"

지금까지 성모 마리아처럼 상냥했던 이데마의 표정이 싹

지워졌다.

체니는 입술을 닫았다. 말없이 장비를 챙겨서 일어나야 할 때란 걸 깨달았다.

체니는 이데마가 가리킨 초소로 걸음을 옮기며 진입 차량을 쳐다보았다.

여기의 요원들도 합세해, 차량 트렁크에서 철제 궤짝들을 꺼내고 있었다.

삼엄한 경비 속에서.

*　　　*　　　*

"수고하셨습니다."

"수고하셨습니다."

배낭과 양손에 쥐고 왔던 드랍 아이템들부터 요원들에게 넘겼다.

우연희도 마찬가지였다. C 등급 던전부터는 드랍 아이템의 수준이 좋아서 줄곧 챙길 수 있는 한도만큼 챙겨 왔었다.

그 외에도 보관 처리해야 할 게 더 있었다. 가죽 주머니 안에 든 것은 이번 던전의 보스 몬스터였던, 크시포스 군부장의 마석이다.

그것까지 건네준 후 요원들이 준비해 둔 샤워 천막으로 향했다.

간이 샤워 부스라 호스에서 나오는 물이 시원스럽지는 않지만, 온몸에 찌든 핏물들을 지워 내는 용도로는 제격이었다.

이 시절의 문명에 맞지 않는 아이템들, 그러니까 망토 같은 것들은 전용 가방에 챙겨 넣은 뒤 천막에서 나왔다.

잠시 후 우연희도 수건으로 머리를 털면서 나왔다. 그녀가 날 보며 희미하게 웃었다.

이번에야 비로소 역경자와 마리의 손길을 쓰지 않은 것을 자축하는 미소였다.

하지만 격했던 공략의 피로가 남은 것은 여전했던지라, 힘이 빠진 미소였다.

그녀가 비틀거렸다. 그녀의 어깨를 감쌌다.

"너도 힘들잖아."

우연희는 조금도 모를 거다. 본 시대에 견주어 우리가 얼마나 비정상적인 존재인지.

"오늘 17일이다."

그래서 뭐? 우연희가 그런 눈을 했다.

그러다 갑자기 깨달았는지 우연희의 두 눈이 휘둥그레졌다.

"어떻게 됐어?"

"어떻게 됐을 것 같아?"

우연희의 시선이 바로 요원들에게 향했다.

우리가 쓰는 언어가 한국어라는 것쯤은 비밀도 아니었다. 나와 우연희는 드랍 아이템을 철제 보관함에 정리하고 있는 요원에게 다가갔다.

그녀가 물었다.

"어떻게 됐어요?"

"예?"

"한국, 16강 진출했어요?"

요원은 동공이 흔들렸다.

나는 속으로 중얼거렸다. 그는 미국인이라고. 월드컵에는 크게 관심 없어.

그나마 그쪽에 관심이 있는 요원이 있었던지, 그가 다른 요원을 가리켜 보였다.

"진출했습니다."

그 말 한마디에, 우연희는 근사한 내용물을 띄운 것처럼 두 주먹을 움켜쥐었다. 그러고는 통증이 밀려오는지 얼굴을 구기는 것이었다.

살기등등한 눈알을 부라리며 크시포스 군단장을 물고 늘어졌던 여자는 순간 사라져 있었다.

그 자리에 놓인 여자는 6월 4일 자의 폴란드 경기를 마지막으로, 나머지 경기들을 놓쳐 버린 작은 붉은 악마 한 명이었다.

"한국 최고였어요."

요원이 말하자 우연희는 안타까운 탄식을 내뱉었다. 그런 다음 반짝이는 두 눈으로 나를 올려다봤다.

"한국으로 돌아가긴 늦지 않았을까? 16강 경기 말이야."

"뉴욕으로 향하면 현지 교민 팀하고 합류할 수 있긴 하겠는데, 그 몸으로 되겠어?"

우연희가 고개를 세차게 끄덕였다.

"이것까지 놓치면 울어 버릴지도 몰라. 16강이잖아."

*　　*　　*

시합 종료 몇 분을 앞두고 동점골이 터졌을 때는 눈앞이 뿌예졌었다.

사람들이 일제히 뛰면서 일으킨 먼지 때문이었다.

연장전에서 8강 진출을 확정 짓는 선수의 헤딩골이 터졌을 때부터는 열광의 도가니였다.

우연희가 내 옷깃을 붙잡고 어쩔 줄을 몰라 했다.

"와아아아!"

물론 나는 과거처럼은 아니었다.

일어날 일을 알고 있다는 게 꼭 좋은 일만은 아닌 것이다.

방송국 차량 쪽도 잠깐이나마 제 일들을 잊고 있었다. 뉴욕 교민들의 열기를 취재하러 온 리포터도, 스태프들도 서로 부둥켜안고 난리가 났다.

호텔로 돌아가려던 길.

리포터가 우연희에게 마이크를 들이밀었다.

다른 늘씬한 미녀들도 많은데 하필 우연희였다.

그날 호텔 방.

"너 나온다."

흥분이 가시지 않은 얼굴.

홍조로 가득한 우연희가 곧잘 대답하고 있었다.

"우리나라 선수들 너무 자랑스럽고요. 8강 경기 부담 가지지 마시고 오늘처럼 최선만 다해 주세요. 이미 당신들은 승리자입니다. 대한민국 파이팅! 파이팅!"

우연희는 우리나라 채널 속 제 모습에 얼어 있었다.

"이럴 줄 몰랐냐."

"어떡해…… 완전 바보 같이 나왔어."

"다음 경기 때까지 여러 번 나올 거다. 쯧."

우연희가 양손으로 얼굴을 감쌌다. 그때 핸드폰이 울렸다.

유럽에서 정식 운영 중인, 세계 최대 규모의 스포츠 베팅 업체였다.

보통은 사이트 내에서 정산되는 일이지만, 내 베팅 수익률이 상당했기 때문이었다.

그들은 모든 항목들을 베팅화시켰다.

한 나라의 16강 진출 유무나 매 경기의 승패는 아주 간단한 게임.

점수 차, 파울 수, 코너킥 및 페널티킥 수와, 퇴장 선수의 숫자. 심지어는 감독이 심판에게 항의하는 수까지 넣어뒀다.

내가 베팅한 항목은 우리나라의 16강 진출 유무와 16강 경기의 점수를 결합시켜 둔 것까지였다.

베팅 시장 규모가 30억 달러를 조금 넘을 뿐만 아니라, 업계 최대의 베팅 업체라고 해도 지급금에는 한계가 있었다. 게다가 엄청난 수익은 당국의 전산에 필수적으로 입력되기 마련이다.

그래서 내가 맞춰 둔 금액은 10만 달러 베팅, 1000만 달러 수익이었다. 딱 그 정도까지가 세간의 관심을 받지 않고 먹을 수 있는 금액인 것이다.

우연희는 통화를 들으며 혀를 내둘렀다.

세상 다 산 듯한 눈길로 나를 멍하니 쳐다본다.

"틈날 때마다 호텔 값이라도 벌어 둬야지. 여기 비싼 데다."

대수롭지 않게 말하며 소파에서 일어났다.

"어디 가?"

"조나단 투자 금융 그룹. 넌 흥분부터 가라앉히는 게 좋겠다. 현실로 돌아와야지."

그렇게 대답할 때였다.

또 휴대폰이 울려서 베팅 업체인 줄 알았다.

그런데 흥분한 존 클락의 목소리가 흘러나왔다.

〈 새끼 고양이를 사로잡았습니다. 〉

새끼 고양이, 일악의 코드명이다.

*   *   *

허름한 컨테이너 박스 안에 잡혀 있는 건, 내가 알던 일악이 아니었다.

수년간 정체불명의 조직에 쫓겨 온 어느 비렁뱅이에 불과했다.

의식 없이 간신히 숨만 붙어 있는 채였다. 총알 세례를 받은 흔적이 다분했다. 동그랗게 번진 핏물들이 의복 전체에 퍼져 있었다.

"상황이 급하게 돌아가서 처리 후에 연락드……."

존 클락은 말을 마치지 못했다. 이렇게 보자마자 손을 쓸 줄은 예상치 못한 거다.

데비의 칼날이 녀석의 목을 긋고 사라진 뒤였다. 주인을 잃고 굴러온 대가리에, 존 클락이라 할지라도 침음을 흘릴 수밖에 없었다.

존 클락은 일악의 잘려진 머리를 빤히 쳐다보았다.

아마도 그가 놀란 건 내 능력을 처음 봤기 때문인 것 같았다.

확실히 나를 쳐다보는 그의 눈빛이 흔들리고 있었다. 마음이 복잡할 것이다.

"오래 걸렸군요."

내가 말했다.

98년 겨울에 놈을 놓친 이후로 3년 반이 흘렀다.

비로소 놈을 제거하는 데 성공했지만 크게 기쁘지는 않았다.

사상 최악의 악당을 잡았는데, 왜? 놈은 본 시대의 일악이 아니기 때문에?

아니, 고작 그런 감상 때문이 아니었다.

잘린 저 대가리를 쳐다보고 있노라면, 당시에 녀석이 저질렀던 패악들이 지금도 눈앞에 파노라마처럼 펼쳐진다.

이 기분은 그렇다. 오늘 우리나라와 이탈리아의 16강 경기를 봤을 때와 똑같은 기분이다.

우리나라가 16강 경기에서 어떻게 연장전으로 끌어가고 어떤 골로 승리를 마무리 짓는지 다 알고 봤기에, 확정된 미래기에 기쁘지 않았다.

녀석이 절대적으로 위험한 건 맞지만 무려 3년 반이었다.

그 사이 녀석과의 격차는 천지 차이로 벌어졌다.

요원들이 녀석을 번번이 놓쳐 왔지만, 녀석은 그것만으로도 아무것도 하지 못했다. 단지 도망만 다닐 뿐이었다.

그래서였다.

발견만 한다면 언제든 죽일 수 있다는 걸 알았다. 녀석의 운명이 바뀌어, 그저 그런 애송이로 처박혀 있다는 걸 알았다.

"마지막에 힘들었을 텐데요? 요원들은 많이 다치지 않았습니까?"

"예? 뭐라고 하셨습니까."

존 클락은 여전히 깔끔한 절단면과 거기에서 흘러나오는 핏물을 바라보고 있었다.

"마지막에 녀석의 저항이 꽤 컸지 않냐고 물었습니다."

"그랬습니다. 하지만 저격에는 어쩌지 못하더군요. 이번에야말로 놓치지 않기 위해, 요원들이 최선을 다했습니다."

존 클락은 저격을 말하면서 내 반응을 살폈다. 그런 기색이 역력했다.

"그들은 괜찮습니까?"

"전사자는 없습니다."

존 클락이 전사자라고 표현했다.

녀석의 마지막 저항을 전쟁이라고 생각했던 모양이다. 무심결에 그 생각이 흘러나왔다.

"약속했던 10억 달러는 원하는 방법으로 드리지요."

그러자 존 클락은 말이 없어졌다. 일단 컨테이너 박스에서 나왔다.

"그걸 받으면, 제 안전은 보장하십니까?"

나는 속으로 웃었다.

인근에 저격수들이 깔려 있다는 건 여기에 도착할 때부터 알았다. 지금도 녀석들이 통신을 주고받는 소리가 잡힌다.

하지만 존 클락의 의도와는 완전히 동떨어진 소리들이다.

〈 에단이 나왔어. 난 못해. 보스의 신호에 따르지 않을 거다. 〉

〈 나도야. 그를 시험할 수 없어. 미쳤게? 〉

〈 나도. 에단만 제거한다고 끝나는 문제가 아니야. 그게 가능한지는 제쳐 두고라도 마리는? 마리는 또 어떻게 처리할 건데. 고양이들이 얼마나 더 있는 줄 알고? 없을 거라는 건 보스 생각이고. 난 아냐. 〉

〈 보스는 대체 무슨 생각인 거냐. 이러다 우리까지 휘말리겠어. 〉

정작 그들은 던전 입구 근처에 발도 못 디뎌 본 자들이다.

우연희와 나에 대해서 조직 내부에 떠도는 소문이 있다. 누군가는 심하게 부풀려진 말이라 여길 것이다.

그러나 그 반대였다.

그것만으로도 존 클락이 데리고 온 요원들이 동요하고 있었다.

주머니 속에서 핸드폰 진동이 울렸다. 믹이 발신한 문자였다.

> 「 고양이 사냥팀 하나의 행방이 묘연합니다. 존 클락
> 을 조심하십시오. 최근 그의 행적이 수상합니다. 」

"에단. 제 안전을 보장하십니까?"

그가 재차 물었다.

표정만 봐서는 배신을 생각하고 있는 자의 것이 아니었다.

"보장합니다. 물론 10억 달러도 함께 말이지요."

"그 다음에는 어떻게 되는 겁니까?"

"달라지는 건 없습니다. 존. 걱정이 많아 보이는군요. 신변의 위협을 왜 느끼는지는 이해합니다. 그렇죠. 우리가 하는 일은 비밀스러운 일입니다. 그런데 존 외에도 많은 사람들이 얽혀 있습니다. 존이 걱정하는 그런 일은 없을 거라, 다시 한번 보장하지요. 우리는 변치 않을 겁니다."

"……시작은 저기부터였습니다."

존 클락의 시선이 컨테이너 박스로 향했다.

정확히는 그 안에 들어 있는 일악의 시체를 가리키는 거였다.

자신의 쓸모가 다했다고 생각했기 때문일 수도 있었다.

하지만 우리네 선택은 한 가지 이유만으로 결정되지 않는다.

예컨대 조직에 들어간 자금, 소유하고 있는 부동산. 그리고 민간 군사 기업인 화이트 워터의 가치만 해도 그에게 약속했던 10억 달러를 훨씬 넘는, 군사 업계의 황금 산업이었다.

어쩌면 말이다. 존 클락은 나와 우연희만 제거하면 조직의 모든 부를 독차지할 수 있을 거라는 계산이 섰는지도 모른다.

또 어쩌면 일악을 잡으며 자신감을 얻었는지도 모른다.

"시작은 저기였지만, 파생된 사업들이 많습니다. 우리는 지금부터 시작이지요. 존."

그에게 손을 내밀었다. 하지만 내 손을 잡는 대신 그가 문득 물었다.

"담배 피우십니까?"

멍청한 녀석.

존 클락이 입에 담배를 물었다. 아마도 그것이 저격 신호였던 것 같다.

그는 결국 돌이킬 수 없는 강을 건넜다.

〈 지시가 떨어졌다. 〉
〈 염병. 뒈질 거면 혼자 뒈져. 〉

통신을 주고받는 소리들이 튀어 댔다.

때는 존 클락이 담뱃불을 붙였을 때였다. 하지만 아무 일
도 없이 조용하기만 하자, 담배 끝이 미약하게 떨리기 시작
했다. 그는 담배를 한 모금도 빨아들이지 못했다.

빠지지직—

내 몸에서 솟구쳐 나온 벼락 줄기들이 그를 에워쌌기 때
문이었다.

"악!"

짧은 비명이 전부였다.

나는 저격수들이 숨어 있는 빌라 옥상들을 하나씩 가리
켰다.

〈 이…… 이렇게 될 줄 알았어. 〉

그렇게 말하고 있는 녀석을 특정했다.

〈 날 가리키고 있어. 나를 보고 있어, 나를 보고 있다고! 〉

다른 녀석들에게도 손짓했다.

녀석들은 그나마 현명했다. 명령한 대로 나오다가, 끔찍한 사방의 광경에 사색이 되었다.

그건 어쩔 수 없는 일이다.

오딘의 분노는 몬스터들도 견디지 못하고 터져 죽기 일쑤였으니까.

하지만 고통조차 느끼지 못할 만큼 대상의 생명을 빠르게 취해 오는 게 오딘의 분노다. 특히 민간인이라면 그 강력한 뇌력에 닿는 순간 심장이 멎을 수밖에 없었다.

그나마 지금까지의 공로를 생각해서, 존 클락의 배신을 그것으로 마무리 지은 것이었다.

"뒷정리를 부탁하지."

벌벌 떨고 있는 녀석들에게 뇌까린 다음 걸음을 옮겼다.

〈 믹. 〉

〈 문자 받으셨습니까? 〉

〈 문자로 말한 그대로더군. 존 클락이 조직을 배신했다. 존 클락의 옛 동료들을 네 선에서 처리할 수 있겠나? 현 임원들 말이다. 〉

〈 가능합니다. 한데 화이트 워터에 들어가 있는 자는 어떻게 할까요? 〉

경찰, 군인들의 훈련을 대행해 주던 게 주 사업이었던 화이트 워터였으나 현재는 테러 사건 이후 시작된 테러와의 전쟁으로 세계 제일의 민간 군사 기업으로 급부상했다.

녀석은 군사 업계의 거물이 되어 있었다.

그래서 녀석만큼은 매스컴도 많이 탔다. 정, 재계의 거물들과도 친분이 상당하겠지.

하지만 그런 이유들 때문에 녀석을 제거하지 않는 것은 아니다. 사업가로 변한 녀석의 기름진 얼굴이 생각나서였다.

〈 그 녀석은 조금 더 두고 보기로 하지. 사람 붙여. 〉

〈 예. 〉

오늘은 월드컵 8강 진출을 확정 지은 날이다. 그렇지만 예상했던 대로였다. 즐겁지가 않다.

도리어 씁쓸한 발걸음만 뚜벅뚜벅.

무거울 뿐이었다.

　　　　　＊　　　　＊　　　　＊

2003년 3월 초.

항모타격전단에서 쏘아 올린 수천 발의 미사일이 바그다드를 불바다로 만들었다.

그것들로 어둠이 깔렸던 하늘은 대낮처럼 밝아졌다.

본 시대에서 최강의 무력 집단은 레볼루치온이지만, 이 시절에서는 북미의 항모타격전단들이었다.

이라크 군은 아무런 저항조차 못 했다. 바다에서 시작된 폭격 아래 멸망하고 있었다.

뉴스 시청 중인 우연희는 사뭇 진지한 얼굴이다. 설명이 필요해 보였다.

"항모타격전단이 위력적인 바는 그것들의 레이더망에 있다. 모든 군 물자의 배치 상태와 이동 현황을 파악해서 정밀 타격하지. 전단을 향해 날아올 적 미사일과 전투기들을 사전 봉쇄하고, 혹 적군에 몇 개 미사일 기지와 전투기가 살아남았다 해도, 항모에 도착하기도 전에 상공에서 요격당한다."

"선후는 모르는 게 없어."

군 지식은 우리나라 군에 억류되었던 시절에 강제로 주입당한 것들이다.

우연희는 다시 뉴스에 집중했다.

미국의 항모타격전단이 바그다드를 폭격하는 광경에서 시작의 날에 대한 해법을 찾으려는 것 같아 보인다.

커피를 타고 있을 때, 우연희가 곁으로 다가왔다. 결론을 내렸는지 표정이 무거워져 있었다.

당연히 그렇겠지.

그녀는 꾸준히 봐 왔다. F, E 등급 던전의 보스 몬스터들이 C 등급의 던전에서는 고작 한 개 무리의 정예 몬스터일 뿐이었다.

당연히 지금도 고전하고 있는 C 등급 던전의 보스 몬스터들도 상위 던전에서는 정예 몬스터 따위일 뿐, 그곳의 보스 몬스터는 더욱 강력한 존재들로 예정되어 있는 게 현실이다.

초월적인 신체 능력과 기이한 마법. 도무지 깎일 생각이 없어 보이는 방어막 등.

우연희는 특히 오래된 기억을 끄집어냈다.

"그 악마한테는 어떤 것도 통하지 않겠지?"

정신 지배를 시험하려다 내 기억 한편을 보고 말았을 때.

그때 그녀가 본 것은 칠마제 중 하나인 둠 카소였다.

"미래는 바뀌고 있어. 원래 우리는 이렇게까지 강해질 운명이 아니었지."

"지금도 예지몽 꿔?"

"때때로. 그리고 긍정적으로 변화되고 있다. 우리 문명
은 유지될 거다."

"응. 우리가……."

"그래. 우리가."

*　　*　　*

「원유 시장에는 애덤 스미스가 없었다.

국제 원유 시장에서 전쟁 시 수급 불안을 염려해 미
리 올랐던 전쟁 프리미엄이 빠르게 해소되는가 싶더
니, 전쟁 장기화 전망에 따라 국제 유가가 다시 상승
하고 있다.

원유 시장은 전통적으로 소수의 세력에 의해 지배
되어 왔다.

그러나 닷컴 버블 이후 그 정도가 심화되었다는 게
업계의 시선이다.

그들 소수의 투기 자본 세력들이 선물을 대거 매수
하여 유가를 급격히 끌어올리고 있는 바, 과거의 오일
쇼크가 재현될 가능성도 배제할 수 없는 상태이다.」

오랜만에 서울로 돌아가는 비행기 안이다.

우연희는 잠에 들었다.

나도 보던 잡지를 제자리에 끼워 넣고 눈을 감았다. 우연희와 둘이서만 돌았던 D급 던전들이 떠오른다.

총 24개.

S급 퀘스트를 계기로 E 등급 던전을 건너뛰고 D 등급 던전 코스를 밟아 왔다.

총 획득 포인트는 약 130만 포인트지만, 각 던전에서 퀘스트 완료로 얻어 온 플래티넘 박스 3개와 다이아 박스 2개씩이 환산 포인트로는 더 높다 할 수 있었다.

[이름: 나선후

체력: B(0) 근력: B(2)

민첩: C(3) 감각: C(71)

누적 포인트 : 11900

공적 : 386

특성(8) 스킬(4) 인장(8) 아이템(5)]

[특성 ─ 역경자: C(32) 괴력자: B(0) 탐험자: C(0)

차단자: C(60) 질풍자: B(10) 타고난 자: B(0)

예민한 자: B(1) 수집자: C(23)]

[스킬 — 오딘의 분노: C(73) 데비의 칼: C(2)

가이아의 의지: B(0) 개안: C(5)]

짊어져 온 리스크에 비해 월등한 보상이었다.

본 시대에서 이 정도 능력치로 D 등급 던전만 돌고 있다면, 파티장으로 들어간 게 아닌 이상 겁쟁이라고 손가락질 받을 일.

그리고 소속 길드에서도 가만히 내버려 두지 않을 일이었다.

그러나 여기는 평화의 시대 아닌가.

어떻게 손에 넣은 독점의 기회인데, 이를 끝까지 누릴 계획이다.

지금대로라면 제 1 마의 구간을 순조롭게 돌파할 수 있었다.

제 1 마의 구간. C 등급에서 B 등급.

제 2 마의 구간. B 등급에서 A 등급.

그리고 A 등급에서 S 등급까지의 구간은 초월 구간이라고 불렸다.

그러던 중. 갑자기였다.

메시지 하나가 감은 눈 앞의 어둠을 꿰뚫며 나타났다.

[차단자 특성이 발동하였습니다.]

던전을 파괴하지도 않았는데, 갑자기 왜?

시스템은 모순적인 퀘스트를 발생시킬지언정 버그를 띄우지는 않는다.

아니나 다를까, 공적 획득에 관한 메시지가 아니었다.

[경고: 100명의 각성자에게 당신을 노린 퀘스트가
발생하기, 1분 전입니다.]

[이를 방어 하시겠습니까? (소모 공적: 250)]

그동안 우연희와 함께 던전을 돌면서 두 눈을 부릅뜨고 다녔던 까닭은, 공적을 소모할 기회를 다시 얻기 위해서였다.

하지만 이건 내가 바라던 식이 아니었다.

순간 황당했다.

각성자들에게 나를 죽이라는 퀘스트가 뜨려는 것까지는 납득할 수 있다.

그건 엿 같은 시스템 마음이니까.

하지만 그걸 사전에 경고하고 공적을 소모해 방어하라니?

이건 또 무슨 경우란 말인가.

[퀘스트 발생까지 : 55 초]
[퀘스트 발생까지 : 54 초]

자신은 있었다.

100명이 아니라 1000명의 애송이들이 몰려와도 날 어쩌
지 못한다.

낮은 목소리로 뇌까렸다.

혹시나 가능한가 싶어서.

"퀘스트 내용을 띄워 줄 수 있어?"

그때만큼은 시스템을 향한 억하심정을 제쳐 뒀다.

[암살 (퀘스트)

모두에게 위협이 되는 존재가 급격한 성장 중에 있
습니다.

임무: 나선후를 죽여라

제한 시간: 1년

등급: S

* 퀘스트 아이템(위치 탐색기)가 지급됩니다.]

젠장할 위치 탐색기.

내가 열 받는 건 퀘스트 상에 내 실명이 거론되어 있기 때문이었다.

에단이나 오딘이었다면 이런 장난질 따위는 고민 없이 받아 줬을 것이다.

더 참을 수 없는 부아가 치밀어 올랐다.

이런 개 같은!

좌석 팔걸이에서 급히 손을 뗐다.

그대로 팔걸이 끝을 쥐고 있다간 좌석만 박살 나는 게 아니라, 그 충격이 비행기 바닥까지 고스란히 전달될 일이었다.

"고객님. 괜찮으세요?"

일등석 담당 승무원의 목소리였다. 목소리가 들린 쪽으로 고개를 들자 그녀의 두 눈이 나를 바라보고 있는 채로 굳어 버렸다. 살짝 커진 콧구멍에서도 공포 섞인 숨결이 쉬이거렸다.

"죄…… 송합니다. 안 좋은 일이 떠올라서 말입니다."

나는 고개를 숙였다.

그러고는 쳐다보지도 않고 손짓으로만 돌아가라는 뜻을 전했다.

그때도 시스템은 초시계를 떨어트리며 나를 조롱하고 있
었다.

바르바 군단의 역병 속도를 저지한 것뿐만이 아니다. 시
간 역행 초기 자살 행위가 분명했던 F 등급 던전에 몸을 던
지고, 지금까지 금력을 쌓도록 동분서주해 왔던 이유가 뭐
였는가.

작게는 우리 가족, 크게는 전 인류의 생존을 위한 나만의
투쟁이었다.

시스템이 그런 나를 '모두에게 위협이 되는 존재' 라 점
찍어 놓았다.

시스템이!

[이를 방어 하시겠습니까? (소모 공적: 250)]

그만 좀 닥쳐!

*　　　*　　　*

몇 번이나 말했었다.

팔악팔선이 인류 내전의 원범이 아니었다면, 나는 팔악의 편에 섰을 거라고.

악랄하지만 인류 최강이었던 일악을 마스터로 모시고 그가 건네주는 아이템과 룬들을 황송하게 받들며, 레볼루치온과의 전쟁에서 선봉에 섰을 것이다.

그리고 그때 전장에서 장렬히 전사했겠지.

훅. 훅.

문득 콧바람의 뜨거운 열기가 느껴졌다. 분노에 사로잡혀 있을 때가 아니었다.

개 같은 시스템이 이중인격 사이코처럼 구는 것은 이번뿐만이 아니다.

오랜만에 접해서 잠깐 잊고 있던 것뿐이지.

시스템의 장난질을 받아 줄지 말지, 현실적인 계산을 할 때였다.

1. 북미의 정재계 초 상위층 중에 각성자가 존재한다면 그 이름을 보자마자 '조나단 투자 금융 그룹의 실제 주인'을 떠올릴 것이다.

가능성은 존재한다. 아주 희박할 뿐이지.

2. 레볼루치온의 각성자들에게도 내 이름이 공개된다.

물론 그쪽에는 퀘스트 포기를 지시할 수 있다. 그러나 퀘스트를 포기하지 않는 거역자들을 색출하는 과정에서, 내 얼굴의 실제 이름이 공개될 것이다.

3. 조슈아는 퀘스트 포기 지시로 나와 나선후의 관계를 추정할 수 있다.

그러나 내가 조나단 투자 금융 그룹의 실제 주인이라는 걸 알고 있기 때문에 공개되는 것은 '실명'뿐이며, 카르얀 가문의 힘이라면 이미 백악관을 통해 내 실명을 파악했을 가능성이 높다.

퀘스트 내용상 나에 대한 부정적인 이미지를 심어 줄 수 있는 게 문제.

4. 각성자들 대개는 나를 공격하기보다는 호기심대로 위치 탐색기를 사용할 확률이 높다.

아직은 평화의 세계, 살인을 감행하는 건 쉽지 않다.

그들이 내게 접근해 올 거다.

예기치 못한 때에 번거롭게.

5. 소모 후 남을 공적은 136.

공적 250을 다시 쌓는 것은 F 등급 던전 1점, E 등급 3

점, C 등급 10점으로 단기간 안에 해치울 수 있는 일이 아니다.

그동안 동일한 장난질이 또 발생할 경우에는, 강제적으로 시작될 수밖에 없다. 게다가 다음 소모 공적도 250일 거라는 확신이 없다.

6. 살인 암살, 그러니까 각성자들 간의 처치 퀘스트는 일방적이지 않다.

한쪽에 뜬다면 다른 쪽에도 뜬다.

사전 각성자들을 색출할 수 있는 기회로 활용될 수 있다.

결정짓는 데 가장 중요한 조건은 바로 이것이었다. 분노를 억누르며 물었다.

"일 년 안에 동일한 퀘스트가 반복될 가능성이 있나?"

그럼 그렇지. 대답이 나올 리가 없다.

결정 났다.

장난질이 한번 시작된 이상, 이번이 끝이 아닐 가능성이 높았다.

시작의 장과 본 시대에서도 그랬다. 지금과는 다른 경우였지만······.

[경고: 100명의 각성자에게 당신을 노린 퀘스트가
　발생 하였습니다.]

우연희가 두 눈을 부릅뜨며 잠에서 깼다.

　잠시 허공에 맺혀 있던 그녀의 시선이 빠르게 내 얼굴로
향했다.

　"선후야……."

　그러던 그녀의 시선도, 손 위에 생성된 위치 탐색기로 옮겨졌다. 엄지손가락보다 조금 작은 그것이 나를 쫓는 탐색
창을 띄운다.

　"알아."

　기다리고 있던 게 있었다. 퀘스트 발생 메시지가 빗발치
기 시작했다.

　[퀘스트 '암살(1)' 이 발생하였습니다.]
　……
　[퀘스트 '암살(100)'이 발생하였습니다.]

　[퀘스트 아이템 '위치 탐색기'를 획득 하였습니다.]

　그 순간 커다란 깨달음이 뇌리를 강타했다.

한편에서는 재앙을 막으라고 바르바 연구 속도 저지 퀘스트를 띄우며, 또 한편에서는 그걸 해낸 나를 공공의 적으로 만든다.

그렇다면 말이다.

혹 시스템은 하나가 아니라 두 개가 아닐까?

팔악팔선이 일으킨 인류 내전도 실은 두 시스템의 충돌에서 벌어졌던 게 아니었을까?

Chapter 2.

본 시대에서도 시스템의 정체는 제일 큰 화두였다.

인류를 위하는 것처럼 굴면서도, 한쪽에서는 모순된 모습을 보이기 일쑤였으니 말이다.

시작의 장만 해도 어땠는가.

취지는 각성자들을 훈련시키기 위한 무대가 분명하나, 각 장 각 막(幕)마다 생존자 수를 한정 짓는 경우가 많았다.

그런데 거기서 낙오한 자들은 어김없이 폐기 처분 당했다. 사회로 돌아가지 못하고 그 자리에서 즉사를 면치 못한 것이다.

그러니 막이 넘어갈수록, 우리 각성자들은 그룹을 지어

다른 그룹들과 사투를 벌일 수밖에 없었다.

어느 순간부턴 몬스터보다 같은 동족에게 죽임을 당하는 경우가 더 많아졌다.

그런 악랄한 방식을 악한 시스템이라 명명하고 구분 지어 버린다면, 시스템이 보여 줬던 모순적인 면들이 상당수 해소된다.

문제는 시스템이 진짜 둘이든 하나든, 그것들이 뜻을 전해 오는 창구가 하나밖에 없다는 점에 있다.

어쩐지 판도라의 상자를 열어 버린 듯한 기분이 들었다.

이 가정이 기정사실화되어 버린다면, 추후의 각성자들은 팔악팔선보다 더 제멋대로 분단되어 버릴 가능성이 높았다.

우연희에게로 고개를 돌렸다.

그녀는 고약한 몬스터를 보는 듯한 시선으로 허공을 노려보고 있었다.

"일단은 퀘스트 포기하지 말고 있어."

＊　　　＊　　　＊

퀘스트 아이템 '위치 탐색기'는 GPS와 하등 다를 게 없다.

오차는 백 미터 내외.

100명의 위치가 일점으로 지도 창에서 움직이고 있다.

[암살 1 (퀘스트)

자신을 보호해야 합니다.

임무: 우연희를 죽여라.

제한 시간: 1년

등급: C]

비행기 손님 중에는 우연희가 유일했다. 그녀를 가리키
는 점 외에, 다양한 점들이 세계 각 지역에 포진해 있었다.

그중에서도 점들이 응집해 있는 곳이 두 구역 있다. 하나
는 독일의 레볼루치온이 분명했는데, 다른 하나가 가리키
는 곳은 일본이었다.

거기에 응집해 있는 각성자는 열두 명. 벌써 그룹을 형성
하고 있는 거다.

100번까지 존재하는 퀘스트는 각성자의 등급에 따라 순
번이 매겨져 있다. 그래서 우연희가 1번이었는데 2, 3번은
의외로 미하엘이나 레볼루치온의 각성자들이 아니라 스즈
키 성을 가진 두 여자였다.

스즈키 리리카. 스즈키 치하루.

각 퀘스트 등급은 E다.

일본 여성의 이름인 데다가 이 시절에 벌써 E 등급까지 성장한 두 자매.

틀림없다. 칠선과 팔선일 가능성이 99.9%다.

예전에 각성자 차순위로 민첩 등급을 한 단계 올렸던 녀석이 둘 중 하나일 확률도 마찬가지다.

그렇지 않아도 슬슬 찾아내, 조직의 감시하에 두려던 녀석들이었다.

한편 애송이 각성자들보다 신경 쓰였던 것은, 미 정계 쪽에 퀘스트를 띄운 각성자가 있느냐는 것이었다. 당장 워싱턴 쪽에 찍힌 점은 없었다. 뉴욕에만 4개가 퍼져 있다.

한국 쪽은 목포에서 한 개가 깜박깜박.

일단 지금 시절 각성자 대부분은 이 퀘스트가 쌍방으로 뜬다는 걸 모를 것이다.

호기심이든 퀘스트를 완수할 목적이든, 내게 접근할 녀석들을 한곳으로 유인해야 할 것 같았다.

자. 상황은 파악됐다.

그러니 제일 먼저 해야 할 일은 우리 가족의 안전을 확보하는 일이었다. 제이미에게 내 신상을 밝히는 한이 있더라도.

*　　　*　　　*

　전경련 오찬 중인 데다 모르는 번호로 걸려 오는 전화라서 계속 받지 않았다.

　그러나 제이미는 아무래도 찜찜했다.

　OK 텔레콤의 임원에게 직접 문의해 보니, 코리아 항공의 위성 전화번호라는 답이 돌아왔다. 그렇다면 한 군데밖에 없었다.

　전경련 좌중 누구도 핸드폰을 꼭 쥔 채 안절부절못하는 제이미의 모습을 이해하지 못했다.

　누가 대(大)전일 그룹의 여회장을 저렇게 만들 수 있단 말인가.

　대체 어떤 전화길래? 숨겨 둔 애인이라도 되나?

　언제나 그렇듯, 모든 이목이 제이미에게 집중되어 있던 터였다.

　그 자리에는 재통령 박충식도 있었다.

　그만큼은 대충 감을 잡았다.

　박충식은 일부러 수십조 원대의 돈이 굴러다니는 판으로 화제를 돌렸다.

　얼마 전 방조제가 완공되며 본격적으로 시작된 새만금 리조트 사업 쪽으로 말이다.

"그렇지 않아도 여러 회장님들의 협조가 필요한 사안들이 있습니다."

좌중들의 시선이 박충식에게 쏠렸을 때, 제이미는 조용히 자리에서 일어났다.

그녀는 사람이 없는 장소를 찾아다녔다.

뛰는 걸음으로 화장실과 비상구를 기웃거리다, 주차장의 제 차로 향했을 때 즈음.

다시 전화가 걸려 왔다.

〈 제이미. 〉

역시나 에단의 목소리는 냉랭했다.

제이미는 핸드폰을 어깨와 얼굴 사이에 끼며 뒷좌석을 열고 들어갔다.

계속 바쁘게 뛰어다녔던 까닭에 그녀의 숨소리가 거칠게 나왔다.

〈 죄송합니다. 이제 통화 가능해요. 〉
〈 중대한 사안이 있습니다. 〉

수백억 달러 규모의 자금을 그룹 계좌에 넣고, 한국 정부에게 설거지를 시킬 때에도.

에단은 단 한 번도 '중대한'이라는 단어를 사용한 적이
없었다.

때문에 제이미는 계속 밀려 나오는 숨을 꾹 참았다.

〈 전일 은행에 나전일이라는 직원이 있을 겁니다. 적당
한 명분 만들어서 그의 부인과 함께 그룹 호텔에만 머물게
하세요. 눈치채지 못하게, 최고 수준의 경호 인력 붙이고.
제이미는 지금부터 거기에만 전념하세요. 〉

나전일?

새만금 간척 사업이 진행된 경과에서도 그 이름을 들은
적이 있었고, 그룹의 사명과 동일한 이름이라서 기억에 남
아 있었다.

〈 제가 뭐라고 하였습니까? 〉

〈 나전일 직원에게 최고 수준의 경호 인력을 붙이라 하
셨습니다. 나전일 씨가 눈치채지 못하게. 그의 와이프와 함
께요. 〉

〈 다른 말은 달리 안 하겠습니다. 그룹의 어떤 사업보다
도 제일 시급하며 중대한 사안으로 다루세요. 경호 인력에

총기를 보유토록 해야 할 겁니다. 〉

　〈 총기를 말이에요? 〉

　〈 안 된다는 소리 하려거든, 박충식 이사 바꾸세요. 〉

　〈 ……. 〉

　몇 년 전 한국 정부의 감시가 신변의 위협까지 치달았을 때, 한국의 특수 부대 출신들로 경호팀을 편성했었다.

　러시아의 밀수업자들을 통해 경호팀에 총기를 지급했던 것도 그때의 일이다.

　그러니 그쪽으로는 문제 될 게 없었다.

　한국에서 총기를 사용하라는 지시가 내려진 것보다 충격적인 건, 그룹 주인들에게 그런 위법을 감수하면서까지 지켜야 하는 한국인이 존재한다는 것이었다.

　바로 나전일 씨의 가족.

　'설마…….'

　그동안 그룹 주인들의 지시는 이상한 점이 한둘이 아니었다.

　IMF 당시. 최우선적으로 처리해야 하는 업무는 쓸모없는 한국의 토지들을 매입하는 일이었다.

　몇몇 군데는 개발 호재로 가격이 폭등한 구역도 있지만, 대부분은 시세가 그다지 움직이지 않는 야산 등지였다. 그건 정상적인 투자 회사의 업무가 아니었다.

그리고 지금에야 한국 경제가 정상화되어 그간 사들인 기업 지분들이 폭등한 상태라지만, 일반적인 투자 회사라면 목표했던 수익권에 도달했을 때 한국 시장에서 철수하는 게 맞았다.

'그런 다음 다시 들어올 타이밍을 노렸어야 했어. 그게 정석이잖아.'

그래서 새만금 사업 이전에 에단에게 꾸준히 물어 왔던 것이다.

그룹 주인들이 한국 시장에서 철수할 계획이 정녕 없는 건지?

답은 하나였다.

'우리 그룹은 이 나라 자본이었어. 전일 인베스트먼트의 전일이…… 나전일 씨의 전일이었던 거였어. 지금까지 나는……'

전일 인베스트먼트.

한국 경제를 장악한 모태(母胎), 오래된 이름이었다.

그럼에도 지금껏 풀리지 않는 미스터리는 본인이 직접 나서지 않고 왜 에단을 통해서만 모든 일을 진행해 왔냐는 것이다. 한국인인 그가 초창기부터 선두 지휘해 왔다면 암암리에 외국계 자본이라고 손가락질 받을 일도 없었다.

'아니, 애초에 수백억 달러의 외환이 어디에서 어떻게 난 거지? 그리고 왜, 나전일 씨가 눈치채지 못하게 경호해야 한다는 거지?'

〈 제이미는 똑똑한 사람입니다. 지금쯤이면 우리 그룹의 사명이 왜 '전일'인지 깨달았을 겁니다. 〉

제이미에겐 핸드폰 너머의 그 소리가 잘 들리지 않았다.

그녀는 에단을 처음 만났던 순간부터 지금까지의 기억들에 파묻혀 있었다.

가장 선명한 기억은, 가장 섬뜩했던 그 날의 것이었다. 한국 20대 재벌 그룹들의 지배 지분을 장악하게 된 초안이 잡힌 날이자, 에단이 슈트를 입은 모습을 처음 본 날.

그리고 에단의 진짜 이면을 목격한 날이기도 했다.

에단의 사무실에는 피 묻은 붕대가 쓰레기통을 가득 채우고 있었고, 석궁이며 길고 짧은 칼들을 수련하던 흔적이 다분했다. 실제로 에단은 슈트 안에 칼을 품고 있기까지 했다.

그래서 제이미는 에단을 그룹 주인들의 청부업자라고 생각했었다. 그룹 주인들을 위해 온갖 일을 마다하지 않는, 엘리트 청부업자.

하지만 떠올려 보건대…….

에단의 권한은 청부업자 그 이상이었다.

전일 인베스트먼트가 그룹을 형성하게 된 모든 결정이 그와의 면담에서 결판났다. 즉, 에단이 결정권자였다.

그건 그의 위험스러운 분위기에 짓눌려 외면해 왔던 진실이었다.

'에단. 당신이었군요…… 당신이 그룹의 주인이었어요!'

제이미는 그 말이 목구멍까지 치밀어 올랐다.

하지만 내뱉어서는 안 될 말 같았다.

나전일 씨와의 관계가 어떻게 되든, 에단이 쌓아 온 비밀들을 스스로 까발리는 순간.

에단이 품고 있던 칼이 자신에게 향할 것 같았다. 그렇게 자신의 핏물이 물든 붕대는 쓰레기통에 가득 처박히고…….

분명 에단이 한 번씩 보여 줬던 눈빛은 살인자의 그것이었다. 거기다 에단이 지닌 부는 무엇이든 할 수 있었다. 멀쩡한 사람을 세상에서 지울 수도 있고, 존재하지도 않은 사람을 존재하게 만들 수도 있다.

꿀꺽.

핸드폰을 쥔 제이미의 손이 부들부들 떨렸다. 그녀의 목소리도 그랬다.

〈 무, 무슨 말씀인지 모르겠네요. 나전일 씨가 그룹 주인
들에게 지대한 관심을 받고 있는 분이라면, 응당 지켜 드려
야죠. 우리 그룹의 가족이라면 더욱이 그래요. 어떤 위험에
처하신 건가요? 〉

〈 불특정 다수의 위협에 노출될 수 있다, 쯤으로 해 두겠
습니다. 〉

〈 예. 나전일 씨 부부를 최고 수준으로 경호하겠어요. 〉

〈 부부……. 〉

〈 예? 〉

〈 어차피 알게 될 겁니다. 그럼. 〉

제이미는 그게 뭐든지 간에 알고 싶지 않았다. 때로는 알
아서 하등 좋을 게 없는 문제들이 존재하는 법이다. 호기심
따윈!

그러나 경호 인력을 구성하면서 뜻밖의 이야기가 들려왔
다.

"나 전무 슬하에 아들이 하나 있습니다."

경호팀장이 말했다.

"아들이 있어요?"

부부에게 닥친 위험이라면, 자식의 안전 또한 확보해야 한다.

경호팀장이 나전일의 인사부 카드를 내밀었다. 경호팀장의 말대로 부인 미희 외에 아들 선후가 존재했다.

"그렇지 않아도 알아봤습니다. 외국에 있다더군요. 나 전무 사람들에게는 유명한 아들이었습니다."

올해로 딱 성년이 된 아들이었다.

"외국 어디죠?"

"북미. 조나단 투자 금융 그룹의 프론트 오피스(Front Office)에 재직 중이라 합니다."

그 나이에 조나단 투자 금융 그룹이라니? 그 또한 일반적인 일이 아니다.

제이미의 얼굴이 딱딱하게 굳었다.

"경호 인력을 보낼까요?"

경호팀장이 물었다

제이미는 눈을 질끈 감았다가 떴다. 그러고는 힘겹게 말을 꺼냈다.

"……나 전무 부부에게만 집중하세요."

*   *   *

작년 뉴욕 공항은 탄저균 때문에 난리였던 반면에, 올해 인천 공항의 난리는 사스 때문이었다.

오늘 입국한 승객들 중에 사스 추정 환자가 발생했다는 사실에 공항 전체가 긴장감으로 가득 차 있었다.

검역 질문서를 작성하고 체온 검사까지 통과한 후에야 입국 절차가 끝났다.

그 즉시 오사카로 날아가는 비행기 티켓 두 장을 현장에서 예매했다.

조슈아하고는 연락이 닿지 않았다.

저택과 멀리 떨어진 지역에서 미하엘 등과 운집해 있었고, 그곳은 기억의 궁전에 들어있는 F급 던전의 위치와 동일했다.

일본 쪽의 칠선, 팔선 자매 그룹도 오사카 인근의 F급 던전에서 멈춘 채 미동조차 없었다.

탐색 지도 창에서 조금도 움직이지 않는 것들은 둘 중에 하나였다. 던전에 들어가 있든지, 수면이나 입원 같은 움직일 수 없는 상태든지.

어쨌든 유인 지역을 현재 칠선, 팔선 자매가 공략 중인 F급 던전 안으로 정했다.

바로 두 시간 후가 출발 시간이었다.

"이럴 수 없어. 이래선 안 되는 거야."

줄곧 조용했지만, 더 이상은 참을 수 없었던 모양이다.

우연희는 얼굴이 빨개질 정도로 분통을 터트렸다. 눈물이 그렁그렁한 두 눈으로 나를 바라보다가 애꿎은 바닥만 노려보기 시작했다.

"그동안 우리가 던전에서 흘린 피만 해도 수백 리터는 될 거야. 특히 선후는."

지나가던 사람들은 우리가 사랑싸움을 하고 있다고 생각한 채 쑥덕였다.

"우리가 무엇 때문에 그래 왔는데. 그런데 위협이 되는 존재라니. 마음대로 규정하는 건 그렇다 쳐. 하지만 나한테까지 이런 나쁜 퀘스트를 띄우면 안 되는 거야. 선후는 시스템에게 인격을 부여하지 말라 했지만, 이건 악(惡)일 수밖에 없어. 우리를 이간질하고 있어."

"어쩌면 시스템이 두 개일 수도 있다는 생각이 든다."

"두 개?"

"지금은 심증뿐이야. 두고 보자고. 지금은 이 장난질부터 끝장내 줘야겠지. 괜히 감정 쏟지 마. 그럴 필요도 없어. 괜찮아."

"못 막아 낼 거라고 생각하진 않아. 선후는 강하잖아. 하지만 이번 상대는 우리 같은 사람들이야. 내가 걱정인 건……."

아니, 내가 걱정인 것이야말로 바로 그거였다.

이런 장난질에 휘말릴 줄 알았다면 우연희에게도 일정 공적치를 배분해 뒀을 것이다.

비록 나만큼은 아니더라도 우연희 또한 비정상적으로 성장하는 중이다.

살인(殺人). 사람을 죽이다.

지금의 우연희가 그걸 할 수 있을 것 같진 않았다.

"언젠간 너를 노리는 퀘스트도 뜰 수 있으니 잘 들어."

우연희는 그런 순간을 상상하는 것만으로도 끔찍하다는 얼굴이었다.

"이 세계는 의외로 단순하지. 내 목숨을 노리는 시점에서 사람과 몬스터의 구별은 없는 거다. 알량한 선의를 베풀다가는 목뒤를 물어뜯기지. 틀렸군. 사람이 더하다. 적어도 몬스터는 웃는 가면을 쓰면서 접근하지는 않으니까."

"그 마음가짐이 진짜였으면 좋겠어. 무슨 일이 있든 상처받지 마."

그녀만큼은 애송이들과 나와의 격차를 잘 알고 있었다. 나를 노릴 각성자들의 죽음을 이미 기정사실처럼 여기고 있었다.

그렇게 내가 그들을 죽이며 상처받을 거라 생각하는데, 큰 오산이다. 상처는 정작 우연희가 받고 말 거다.

"보고 싶지 않으면 여기 남아도 돼."

하지만 우연희는 말이 끝나기도 전에 이미 고개를 젓고 있었다.

*   *   *

봉우리가 터질락 말락 하는, 벚꽃 나무들이 아름다운 곳이었다.

나무들 사이 너머로 남자들이 보였다. 우리가 요원들로 하여금 던전 입구를 지키게 했듯이 스즈키 자매 또한 그랬다.

다만 남자들의 행색은 용병들과 차이가 있었다. 평상복 차림에 권총을 허리춤에 끼워 넣은 그들은 누가 보아도 일본의 폭력단이었다.

야쿠자라고 하는 것들이다.

스즈키 자매가 들어간 던전은, 북미의 부동산 법인이 일본 현지에 세운 역외 법인으로 하여금 매입해 둔 부지에 있었다. 그러니까 이것들은 엄연히 사유지를 침입한 것이다.

우연희와 내가 걸어 나오자 그들의 시선이 일제히 쏠렸다.

두 녀석이 급히 뛰어왔다.

"너희들 큰일 났데이. 올라오믄 안 되는 기다."

강한 오사카 사투리였다. 위협적으로 눈알을 부라리며 우리를 막아섰다.

그리고 우리를 산 아래로 되돌려 보낼 생각이 없는지, 둘의 손길이 허리춤의 총으로 향하고 있었다.

우연희와는 말을 섞을 필요가 없었다. 서로 눈빛을 교환한 것을 시작으로, 나는 그들을 스쳐 지나갔다. 그들은 우연희 선에서 쉽게 정리된다.

뒤에서 퍽 소리가 짧게 두 번 났다. 전방에서 우리를 주시하고 있던 녀석들은 일이 어떻게 벌어지는지도 몰랐다.

그들이 습격이 발생했고 총을 꺼내 들어야 한다고 인지했을 때는, 이미 땅에 쓰러져 정신을 잃어 가던 때였다.

모두 아홉 녀석이었다.

쏜살같이 달려온 우연희의 양어깨에도 두 녀석이 하나씩 둘러메어 있었다.

"어떻게 할 거야?"

그녀가 물었다.

차단막을 뜯어내고 거기에 가려져 있던 던전 입구를 가리켰다. 우연희는 쓰레기 버리듯 두 녀석을 던전 입구 안으로 던졌다. 나머지 아홉 녀석도 던전 안으로 넣어 버린 다음, 우리 또한 던전에 진입했다.

F급 던전. 그라프 일족의 영역이었다.

우연희가 제일 끔찍하게 여기는 몬스터 일족이 바로 그것들이라, 그녀의 눈살이 찌푸려졌다.

우연희는 그런 눈으로 비탈 아래를 가리켰다. 비탈 통로는 점점 좁아져 마치 문처럼 반드시 통과해야 하는 지점이 있는데, 그 너머로 정확히 12명의 각성자들이 매복하고 있었다.

의아했을 것이다. 내가 어떻게 알고 본인들을 특정해 다가오고 있는지.

우리는 아무것도 모르는 것처럼 걸음을 옮겼다.

그러다 우연희가 한 지점을 가리키고는 손을 쥐락펴락했다.

함정이 있다는 수신호였다.

그녀가 눈으로만 물었다.

알고 있지?

나도 대답했다.

물론.

저급한 함정 스킬로 C 등급의 개안을 속여 넘길 순 없는 것이다.

스킬을 사용할 것도 없었다. 주머니에 들어 있던 엔화 동전 하나를 꺼내 힘을 실어 던졌다.

마법 함정이 설치된 지면에 꽂히자마자.

콰앙!!

함정이 발동하며 폭음이 터져 나왔다. 천장에도 하나 더.

빙결 계열의 것이 분명한 기운이 쏟아져 내려왔으나, 발동 지역에 존재하는 사람이 없자 금방 증발해 버린다.

전방 너머로 얼굴 하나가 나왔다. 그러나 가시거리가 차마 못 미치는 어둠을 뒤지고 있는 얼굴이었다.

쉐아악—

속도를 높인 그대로 녀석의 목을 움켜쥐었다.

"컥!"

녀석을 쥔 채 통로가 확장된 구역으로 첫발을 내디뎠다.

하나같이 엉망인 몰골이었다. 깨끗한 구석이라곤 씻어 낸 지 얼마 안 된 얼굴들뿐으로, 벽 뒤에 숨어 있던 녀석들이 많았다.

느려도 너무 느리다.

개중에 날아온 석궁 화살 하나는 목 잡힌 녀석을 방패로 쓸 것도 없이, 허공에서 낚아챘다.

그것은 쏜 녀석의 허벅다리로 되돌려 주었다. 날개깃만 중간에 꺾일 뿐 화살촉은 녀석의 허벅다리를 관통해, 너머의 지면 깊숙이 사라졌다.

"악!"

비명 소리가 한 박자 늦었다.

소리 큰 마법 함정에 비명 소리까지 더해졌으나 근방에서 그라프의 움직임은 느껴지지 않았다.

초반 부분은 그럭저럭 클리어해 둔 모양. 제법 던전 경험이 있던 녀석들이었고 녀석들의 몸에 핏물이 완전히 굳지 않은 걸로 보건대 바로 직전까지도 그라프 일족과 싸우고 있었던 것 같았다.

곧 날아든 화살 하나도 주인에게 돌려준 후, 들고 있던 녀석은 지면에 내동댕이쳤다. 녀석이 강타한 지면을 중심으로 흙더미가 치솟아 올랐다.

흙먼지 또한 뿌옇게 일어났으나 피아가 구분되지 않는 건 오로지 녀석들뿐이다.

멀대 같이 키가 큰 녀석의 가슴에 주먹을 찔러 넣자 녀석의 허리가 앞으로 포개졌던 것도 잠깐, 곧 튕겨져 날아갔다.

수염이 덥수룩한 녀석은 턱이 까여 천장과 충돌한 후에 낙하했다.

추풍낙엽(秋風落葉)이었다.

그건 내 스타일이었고 우연희는 하나씩 질끈 밟으며, 빠르게 다음 대상으로 이동하고 있었다.

한 여자와 눈이 마주쳤다. 그것이 신호가 되어 내게 몸을 던져 왔다.

양손에 단검 하나씩을 쥔, 그녀는 제법 빨랐다. 핏물로 엉킨 검은 흑발이 얼굴에 달라붙어 어떤 얼굴인지는 잘 보이지 않지만 눈빛만큼은 낯익었다.

민첩에 근력을 적당히 갖춰서 허공을 날다시피 공격해오는 여자.

틀림없었다. 칠선(七善)!

독니 두 개를 내 가슴에 찔러 넣으려는 듯 비스듬히 떨어진다.

획—

하지만 그녀의 뒤에서 우연희가 솟구쳐 나왔다.

우연희는 칠선의 머리를 뒤로 잡아당기는 것만으로 그녀를 바닥에 메다꽂았다.

쾅!

칠선의 손에 들려 있던 단검 두 개는 주인이 우연희로 바뀌어, 하나는 칠선의 목을 겨누고 다른 하나는 뒤에서 달려드는 녀석의 어깨에 적중되었다.

고작 단검에 당한 거지만 철거 망치에 강타당한 듯 튕겨 날아가 버린다.

눈 깜짝할 사이였다. 서 있는 녀석은 셋밖에 남지 않았다.

한 녀석의 화염구가 나를 향해 날아온 것도, 내가 서 있던 자리에서 불통으로 산화할 때 나는 녀석의 뒤에 있었다.

겁에 질린 얼굴이 천천히 돌려졌다.

그대로 밀어 차 버리자 녀석은 잘도 매복해 있던 벽까지 날아가 흙더미에 파묻혔다.

쉑—

전방에서 날아온 우연희의 단검이 한 녀석을 더 날려 보냈다.

남은 건 딱 한 녀석이었다.

후방 바위 뒤에 숨어서 벌벌 떨고 있는 여자.

그 여자가 칠선의 쌍둥이 동생인 팔선(八善)이다. 본 시대에서는 제일의 힐러라고 정평이 나 있었으나, 아직은 애송이.

"우짤래! 죽일 거믄 콱 죽이라카이! 그어라. 그어 뿌라!"

등 뒤로 칠선이 발악하는 소리가 쩌렁쩌렁 울렸다. 그 소리에 반응한 건 나와 우연희가 아니다. 팔선이 발발 떠는 정도만 더 커졌다.

팔선이 숨어 있는 바위를 밀어 차 버리자 팔선도 함께 앞으로 처박혔다.

그래도 나름 E급 각성자라는 걸 증명하는 것처럼, 팔선은 어떻게든 땅을 짚고 일어나는 것이었다.

"나, 나선후 씨…… 되시죠?"

나를 바라보는 그녀의 눈빛은 영락없이 보스 몬스터를 쳐다보는 눈빛이었다.

"넌 스즈키 치하루고."

"치하루! 치하루! 치하루에 손 하나 댔다간 다 죽여 버린다카이이익!"

그나마 말이 통하는 건 저 성질 사나운 암고양이보다, 얌전한 팔선 쪽으로 보였다.

"조용히 시켜 줘."

우연희가 한 손으로 칠선의 입을 틀어막았다.

칠선은 그걸 뿌리칠 능력이 안 됐다. 하지만 어찌나 거칠게 발악하는지 읍! 읍! 하는 소리만 커졌다.

"리리카. 가만히 있지 않으면 나도 어쩔 수 없어. 계속 피가 나잖아."

우연희는 부탁하는 어투였다. 일본어는 아니고, 한국어지만.

칠선과 팔선은 우리가 본인들의 이름을 알고 있다는 것

이 그렇게나 위협으로 느껴졌던 것 같다. 칠선의 저항은 계속됐다.

"언니를 내버려 두세요!"

팔선이 내게서 불길한 낌새를 읽었는지 크게 외쳤다.

그러나 늦었다.

빠각!

이미 칠선의 얼굴을 걷어찬 뒤였다.

근력을 적당히 조절해서 즉사하지는 않았으나 한쪽 얼굴이 완전히 함몰되었다. 우연희는 거기서 시선을 돌리며 고개를 설레설레 저었다.

나는 칠선 옆 바위 하나를 차지하고 앉았다. 이제 정신이 온전한 사람은 팔선뿐이었다. 우연희가 깔고 앉아 있던 칠선에게서 일어나자, 그 자리에 팔선이 뛰어들었다.

팔선이 울음 범벅된 눈으로 나를 노려보았다.

"왜……."

"내가 너희들을 습격한 것 같지? 천만에. 퀘스트를 포기했다면 이런 일도 없었다. 스즈키 치하루. 그런 눈으로 쳐다보기엔 일러. 아무도 죽지 않았다. 아직은."

"그, 그거 때문이라면 우리는 던전을 공략하는 것만으로도 벅찼어요."

"그건 이제 알게 되겠지."

나는 우연희에게 고개를 끄덕여 보였다.

후우—

우연희는 긴 숨을 내쉬었다.

"뭐, 뭘 하려는 거예요? 하지 마세……!"

순간 팔선의 몸이 빳빳하게 굳었다.

그러던 것도 잠시 제 언니를 감싸고 있던 팔이 냉정하게 떨어져 나왔다.

팔선이 몸을 일으키며 말했다. 괴로운 듯, 살짝 길었던 고민의 시간이 있었다.

"이 일본인 자매, 계획하고 있었어. 던전 공략 후에 널……."

던전 공략은 개뿔. 여기 녀석들의 실력으로 보건대 그라프 일족은 절대 무리다. 그런데도 던전 공략 후를 계획하고 있었다라…….

주력 아이템을 지금 얻은 건가?

그것 말고는 이것들의 성장세를 설명할 방법이 없다.

한 발로 칠선을 돌렸다. 그리고 뒤진 칠선의 몸 안에서 아이템 하나를 발견했다.

[헤르메스의 만능 발찌 (아이템)]

신의 이름이 박힌 장신구는 방어막이 다 소진되어 있었
다.

"역시 이것 때문이었군."

*　　*　　*

[헤르메스의 만능 발찌 (아이템)

　효과: 민첩의 등급을 한 등급 상승시켜 줍니다.
　물리 피해 흡수력: 0/6500
　마법 피해 흡수력: 4000/4000
　등급: A
　지속 시간: 1시간
　재사용 시간: 1일]

이런 물건이 본 시대의 내게 있었다면 내 운명이 조금은
달라졌을 것이다.

그렇게 발버둥 쳐도 S급까지 올린 능력치는 감각 하나였
으니까.

발찌를 발목에 두르고 있을 때, 팔선도 귀걸이를 떼어 내
고 있었다.

그것 또한 신의 이름이 붙어 있다.

[관음(觀音)의 표상 (아이템)

효과: 회복 계열의 스킬과 특성을 한 등급 상승시켜
줍니다. 회복 계열 스킬들의 재사용 시간을 30% 줄여
줍니다.
물리 피해 흡수력: 0/7000
마법 피해 흡수력: 3000/3000
등급: A]

이건 지속 시간이나 재사용 시간 없이 영구적으로 적용
된다.

한 개가 아닌, 모든 치유 스킬과 특성에 적용되기 때문에
힐러들에게는 초(超)최상급 아이템일 수밖에 없는 것.

두 자매는 마스터 박스를 띄운 적이 있었다. 던전 포인트
를 모아서는 절대 불가능한 일이니 A급 생활 퀘스트를 수
행했다는 것인데…….

튜토리얼이라 정의된 영유아기를 스킵했던 이유 중 하나
는 내게 그런 퀘스트가 예정되어 있지 않았기 때문이었다.

이는 명백한 시스템의 편애이지 않은가.

"이 아이템들을 얻은 경위를 추적할 수 있어?"

"거기까지는 아직."

"알았다. 그건 네가 차고 있어."

팔선, 스즈키 치하루.

정신 지배에서 풀려난 그녀는 망연자실했다.

정신 지배 상태에서도 시각이나 청각 등 모든 게 공유되는 이상, 본인들에게 어떤 일이 벌어졌는지 깨달을 수밖에 없었기 때문이다.

그네들의 소중한 아이템을 우리에게 빼앗겨 버린 것이다.

치하루는 퍼뜩 정신을 차리고는 다시 제 언니 리리카에게 달려갔다.

소매로 리리카의 얼굴에서 흘러내리는 피를 닦으며 흐느끼기 시작했다. 그런데 흐느끼는 다른 소리가 옆에서도 나왔다.

우연희였다.

그녀는 눈물을 흘릴 뿐만 아니라, 정말로 마음 아픈 얼굴로 변해 두 자매를 바라보고 있었다. 우연희에게 다가가 그녀의 어깨에 손을 올렸다.

그러고는 나지막하게 속삭였다.

"정신 차려. 감응일 뿐이야."

"아는데, 뜻대로 안 돼. 가슴이 너무 쓰려……."

우연희의 표정은 영락없이 치하루의 표정과 닮아 있었다.

그녀는 차마 못 보겠는지 내 가슴에 얼굴을 파묻었다.

두 자매가 서로를 생각하는 마음이 일반적인 수준을 뛰어넘었던 모양이다. 보통의 자매라면 서로 잡아먹지 못해서 안달이 났을 터인데, 지금껏 생사고락을 함께해 온 두 자매였다.

"돌려줘."

치하루가 비장한 목소리로 말했다.

그녀가 정신을 잃기 전 마지막으로 내뱉은 소리였다.

빠각!

　　　　*　　　　*　　　　*

자매를 포함한 모든 애송이들의 다리를 분질러 놓고 있었다.

그 비명 소리를 듣고 깨어난 몇몇 야쿠자들은, 포승줄에 묶여서 욕만 내뱉다가 어느 순간부턴 애걸하고 있었다.

"야쿠자들. 지금부터 한 마디라도 내뱉는 녀석은 즉결 처형이다."

그러자 조용해졌다.

다행히 우연희는 꽤 진정된 상태였다. 정신 지배의 부작용이 최고조로 이르렀을 때는, 마찬가지로 리리카의 다리를 박살 냈을 때였다. 그때는 우연희조차 나를 말리고 나섰다.

물론 그때의 우연희는 우연희 본인보다 치하루에 가까웠을 때였다.

정신 잃은 것들은 그나마 조용한 반면, 나머지 녀석들에게선 신음 소리가 끊임없이 흘러나왔다.

시선을 돌렸다.

스즈키 자매의 그룹원들은 인종이 다양했다. 자매를 포함해 동양인은 단 넷뿐인데, 그중에 우리나라 이름을 가진 녀석이 포함되어 있었다.

퀘스트상 71번째, 이름은 김효섭. 퀘스트 등급은 물론 F등급이며 녀석의 특이 사항이라고는 국적이 우리나라인 것밖에 없었다.

녀석은 거기에 호소했다.

"한! 한국인입니다. 저도 한국인입니다!"

한국어 발음이 정확했다.

한쪽 다리는 이미 화살이 뚫고 지나가 기능을 상실한 상태였다. 나머지 다리를 짓밟자 녀석의 허리가 튕겨졌다. 근

육이 터지며 나온 핏물은 고사하고, 녀석의 다리뼈는 모래
알갱이처럼 바스라졌다.

그렇게 녀석의 비명 소리가 보태지자 다음 차례의 녀석
둘이 동시에 도망치려는 것이었다. 이미 엉망이 된 몸이나
사력을 다해서.

그때.

쉑—

우연희의 손에서 벗어난 단검이 그것들의 허벅지를 꿰뚫
고 지나갔다.

"다음부터는 심장을 노리겠어."

우연희가 영어로 뇌까렸다.

말투는 냉정하고 온 얼굴에도 힘이 들어가 있었다.

하지만 우연희의 저 힘 들어간 얼굴이야말로, 누구보다
고통스러운 상태라는 것의 반증이었다.

우리나라 녀석이 호소하듯 말했다.

"으…… 으윽. 전 쪽바리 녀석들에게 잡혀 온 게 전부입
니다."

"자세히 말해 봐."

"그러니까 반년 전에…… 으윽. 야마구치구미 연합에게
납치됐습니다. 그때 저 여자를 처음 봤습니다."

녀석의 눈길이 리리카에게 향했다. 나는 야쿠자에게서

떼어 낸 배지를 녀석 앞으로 튕겼다.

"예. 맞습니다. 야마구치구미 회장 직계인, 극진회입니다."

"넌 재일 교포인가?"

"인천 사람입니다. 으…… 저 여자 동생이 힐을 씁니다…… 아파요. 아파 뒈질 것 같습니다. 제발요. 제발 부탁드립니다."

"그러니까 네 말은 스즈키 리리카가 폭력단 두목이다?"

"여기 아무나 붙잡고 물어보십시오. 아니, 저 쪽바리 새끼들이 제일 잘 알 겁니다."

"생살부를 작성 중이지. 한 점의 거짓말도 없어야 할 거다. 여기까지 오게 된 이야기, 자세히 풀어 봐."

녀석은 자신이 평범한 편의점 아르바이트생이었다고 주장했다.

그러다 반년 전 즈음, 우리나라 조직 폭력배에게 납치되었고 눈을 떠 보니 일본의 폭력단들에게 인계되어 있었다는 것이다.

던전 경험은 지금이 두 번째.

"간사이에 있던 던전에서는……크윽. 던전에서는 15명이었습니다. 공략은 성공했지만, 그중 8명이 죽고 한 달 전에 지금의 인원이 충원되었습니다."

용케도 일본의 던전을 공략할 때 이것들과 겹치지 않았었다.

"암살 퀘스트는 왜 포기하지 않았지?"

"저 여자의 지시가 있었습니다."

"그렇군. 이름."

"예?"

"네놈 이름 말이다."

"신준섭입니다. 으아아악!"

녀석의 반대쪽 다리마저 짓밟았다.

"김, 김! 김효섭입니다!"

늦었다.

몸을 일으키는 등 뒤로 살려 달라 애걸하는 소리가 부딪쳤다.

그러나 내 시선과 마주쳤을 때, 녀석은 입을 다물 수밖에 없었다.

다음 녀석에게 이동했다.

대부분 거짓말을 쏟아 냈다.

그래도 칠선(七善), 스즈키 리리카에 대한 이야기만큼은 동일했다.

우연희는 믿기지 않는다는 듯한 눈길로 리리카를 쳐다보았다.

외모로는 일반 여대생과 다를 바 없는 그녀가, 일본의 최대 폭력단 중 한 곳의 두목이라니.

그런 시선이었다.

하지만 이내 납득이 갔는지 우연희의 만면에 쓸쓸한 감정이 스치고 지나갔다.

나는 리리카를 깨웠다. 계집은 핏물부터 옆으로 토해 내며, 그나마 뜰 수 있는 한쪽 눈으로만 눈알을 부라렸다.

"모두가 너를 야쿠자 보스라고 하는군."

"내가 두목하면 안 된다카드나? 네 놈은 더한 것도 해왔을 낀데? 개자식."

순간 리리카가 몸을 움찔했다.

치하루가 피 웅덩이 속에서 미동도 없는 걸 발견했기 때문이었다.

리리카의 시선은 천천히 옮겨져, 바위에 앉아 치하루를 내려다보고 있는 우연희 쪽으로 향했다.

"치하루우우우! 니들 천벌을 받고 말 끼다!"

리리카는 본인이 알몸인 것 따위는 조금도 신경 쓰지 않았다.

그녀에게 악당은 우리였고, 그녀들은 선량한 피해자였다.

한편 리리카나 스즈키의 몸에는 문신 하나 없었다. 폭력단 일가에서 태어난 것보다는, 주체적으로 폭력단을 장악했다는 쪽이 훨씬 가능성 높았다. 그런데 그건 평범한 마음가짐으로는 가능한 일이 아니었다.

트리거, 즉 그렇게 할 수밖에 없었던 방아쇠가 존재했을 것이다. 나는 그것을 퀘스트라고 의심한다.

"이봐, 6대 회장."

비로소 리리카의 시선이 제자리를 찾았다.

"그만 날뛰어. 소리만 지른다고 해결되는 건 아무것도 없어. 네 목숨만 줄어들 뿐이지. 더불어 네 동생의 목숨까지."

"치하루……."

"그러게 그딴 퀘스트 따윈 진즉 포기했으면 이 지경까지 안 왔잖아."

"니가……."

"그래. 내가 모두에게 위협이 되는 존재라고 명시되었지. 하지만 그건 너희들 쪽이잖아. 폭력단 회장이라니. 쯧. 너희 자매가 폭력단과 연관되어 있지만 않았다면 이번 일, 그럭저럭 마무리 지었을 거다. 하지만 알다시피 피차 끝장을 봐야만 할 것 같군."

스윽.

반지가 관제의 언월도로 자라나 한 손에 잡혔다.

서슬 퍼런 커다란 날은 금방이라도 떨어져, 그녀의 목을 잘라 낼 위치에 있었다.

정확히 리리카의 목에서 멈췄다. 리리카는 반사적으로 눈을 감고 있었다.

잠시 후 그녀가 눈을 뜨며 말했다.

"야마구치구미는 퀘스트였다카이. 내는 죽여도 치하루만은 살려 주. 치하루는 아무 잘못 없데이."

역시 맞았다. 시스템의 편애는 상당했다.

"야마구치구미가 성가시믄 그것도 니 꺼 해 무그라. 그럼 됐제? 내 발찌도 치하루 귀걸이도 다 해 쳐 무겄는데, 우리 목숨까지 가져갈 생각이가?"

리리카는 절박했다.

"너희 자매 목숨 소중한 거 알면, 남 목숨도 소중한 거 알았어야지. 고통은 없게 끝내 주마."

"안 돼……!"

살려 두기엔 화근을 남기는 것밖에 되지 않는다.

[퀘스트 '암살(2)'를 완료 하였습니다.]

[퀘스트 완료 보상으로 '실버 박스'를 획득 하였습니다.]

차라리 아무런 메시지를 띄우지 않았다면.

그랬다면 감정이 동요되는 일은 없었을 것이다. 상황을
이렇게 만들어 놓고 한 사람의 목숨값으로 고작 실버 박스
를 논하고 있다.

                    *   *   *

언월도에서 피가 뚝뚝 떨어졌다.

우연희는 언월도가 계집의 목숨을 거뒀던 시점에서 고개
를 돌려 버린 것 같았다.

야쿠자들의 충성심은 그리 깊지 않았던 모양이다. 총회
장의 숨통이 끊기는 소리를 들었어도, 누구 하나 원성을 부
르짖는 이가 없다.

난리가 난 건 정신을 잃지 않은 각성자들 쪽이었다. 다리
를 분질러 놓는 것으로 모자라 마침내 살육이 시작됐다고
느꼈던 것이다.

내가 걸음을 옮길 때마다 살려 달라는 비명 소리가 났다.

내 언월도의 종착점은 두 번째 계집이었다.

　　[퀘스트 '암살(3)'을 완료 하였습니다.]

그때 우연희가 다가왔다.

"선후야."

"아무 말 마. 시스템이 퀘스트를 띄웠을 때 이 꼴이 날 수밖에 없었던 거다."

"아니. 그게 아니야. 상처받지 않기로 했잖아."

"......"

젠장, 우연희에게만큼은 숨길 수 없었다.

우연희의 그 말이 방아쇠였다. 꾹 눌러 왔던 뭔가가 터져 버리고야 말았다.

몸에 힘이 쫙 빠졌다. 언월도로 땅을 찍으며 무게를 지탱하려고 해도 몸이 말을 듣지 않았다.

빌어먹을.

평화의 시대에 찌들어 버렸나? 나를 죽이려 했던 자들에게 마음을 쓰다니.

자매간의 애절함 따위는 더 지독한 원한으로 변해 나를 겨냥할 수 있었다. 폭력단까지 쓰면서 우리 가족과 친지들을 흔들어 놓았겠지.

하지만 왜냐.

왜 자꾸 서로를 바라보던 두 자매의 시선이 생각나는 거냐.

언월도를 지팡이 삼아 몸을 기댔다.

정신을 가다듬자 생각이 정리됐다.

마음 한구석에서부터 밀려오는 슬픔의 정체는 죄책감이 아니었다. 한 점의 후회도 없었다.

그래, 시스템이 두 개일지도 모른다는 생각 때문이었다.

우연희에게 시스템에 인격을 부여하지 말라고 누누이 말해 왔건만 나야말로 그 안으로 빨려 들어가고 있었다.

선한 시스템과 악한 시스템이 따로 존재하며, 우리가 서로를 죽일 수밖에 없게 만든 악(惡)은 악한 시스템에서 비롯된다는…….

엿 같은 생각.

정당방위를 살인으로 만들고, 가해자를 피해자로 돌려 버린다. 그게 날 약하게 만든다.

벌써 잊었나?

팔악팔선은 그렇게 태어난 거였다. 시스템에 인격을 부여해서. 아집에 사로잡혀서!

선후야. 선후야. 야! 나선후!

시스템에 인격을 부여하지 마라.

그 순간부터 넌 망가지기 시작하는 거다.

시스템이 두 개든 하나든, 그게 뭔 대수냐.

아직은 아무것도 확정된 게 없다. 그저 하나의 가정일 뿐!

네가 해야 할 것만 생각해라. 지금은 죽일 놈은 죽이고 살릴 놈은 살리는 거다.

스르르.

언월도를 반지로 되돌렸다.

어쨌든 일악에 더불어 칠선과 팔선 또한 역사 속에서 지워졌다. 시스템이 자초한 일이었으며, 팔악팔선 중 세 녀석의 몫까지 내가 짊어져야 하는 일이 되었다.

하지만 할 수 있다.

지금대로라면 언젠가는 나 혼자서도.

"칠마제를……."

Chapter 3.

　몬스터에게 죽임을 당하는 것과 다른 각성자에게 죽임을
당하는 것에는 차이가 있을 수밖에 없었다.

　이 그룹의 실질적인 화력이자 리더였던 두 자매가 허망
히 죽어 버린 이후, 각성자 열 명은 그나마도 없던 전의가
완전히 꺾여 버렸다.

　실수라도 나를 쳐다보는 이가 없었다.

　바닥에 쓰러진 채로 제 고통스런 상처가 가라앉길 기다
릴 뿐이었다.

　부상자들의 수발 및 궂은일을 담당할 녀석이 필요했다.

　우리나라 녀석? 녀석은 국적 때문에라도 우리 곁에 둘

수 없다.

그래서 선택된 녀석은 멀대, 호주 출신 녀석이었다.

우연희의 스킬 육체 치료는 잠재력 최하급의 치유 스킬이지만 템발이 보태져 B급까지 도달한 상태였다.

여러 번의 스킬 적용 후, 멀대는 절뚝이며 돌아다닐 수 있을 정도까지 회복됐다.

녀석이 그 몸으로 다가왔다. 그러고는 눈치대로 행동했다.

양손을 앞으로 포개며 허리를 깊숙이 숙인 채로 멈췄다. 일본인 리더의 그룹 속에 있으면서 배운 게 있다는 것이다.

이름은 루카스, 나이는 31세.

사회에서는 배관공이었으며 진입하면서 봤던 함정 두 개는 녀석의 작품이다.

"특성은 추격자를 띄웠습니다."

녀석이 답했다.

"네가 모집책이었나?"

"아닙니다. 사토 히로시라는 일본인인데, 잘 볼 수 없습니다."

사토 히로시도 퀘스트 상에 존재한다.

지금 녀석은 지구 반대편의 상공을 날고 있었다. 조만간 알아서 들어올 것이다.

사토 히로시 외에도 나를 쫓아오는 걸로 확신되는 움직임이, 지난 반나절 동안 열여섯 개에서 스무 개까지 늘어났다.

돈 있는 자들은 한가한 일등석을 타고 급히 오고 있으며, 부족한 자들은 이코노미석 일정표에 맞춰 각 나라의 공항에서 대기 중이었다.

"기존 그룹에 애착이 크겠지?"

"아닙니다."

"그걸 탓할 생각은 없다. 생사고락을 함께해 왔으니 당연하겠지."

녀석의 눈빛이 흔들렸다.

"하지만 스즈키 리리카의 그룹은 이제 존재하지 않지. 그리고 너희 그룹이 나를 도모하려 했었다는 사실이 밝혀졌다. 아무 말도 마라. 내가 하명하기 전까진."

녀석의 입술이 바로 닫혔다.

"돌아다니면서 한 명도 빠짐없이 전해. 퀘스트 포기하라고."

녀석들의 인장과 아이템을 외관으로만 확인한 채 내버려 뒀던 건 지금을 위해서였다.

녀석들을 한 곳에 눕혀 놓았다.

데비의 칼이 그것들의 몸을 아슬아슬하게 스치고 지나갔다. 셔츠 형태의 아이템들을 그 즉시 파괴시키며, 다시 하반신들을 훑고 지나갔다.

녀석들로선 데비의 칼이 사신의 낫처럼 느껴질 수밖에 없었다. 녀석들은 데비의 칼이 행여나 몸에 닿을세라 손가락 하나 까딱하지 않았다.

일자로 굳어 버린 채 눈알만 굴린다.

데비의 칼이 사라진 찰나, 우연희와 나는 녀석들의 몸을 뒤졌다.

생각이란 걸 조금만 할 수 있었다면, 지금에라도 퀘스트를 포기했을 것이다.

열 명 중 퀘스트를 포기하지 않은 녀석이 한 녀석 나왔다.

녀석의 전술 바지에서 위치 탐색기가 잡혔다. 우연희는 원망과 동정이 섞인 복잡한 시선으로 녀석을 쳐다보았다.

그제서야.

내 주먹 안에 있던 위치 탐색기가 사라지며, 주먹 안이 비워졌다.

"포, 포기했습니다."

녀석이 자백했지만 살생부에 붉은 줄이 그어진 뒤였다.

"넌 내 그룹에 속할 자격이 없다. 클리어 지역 바깥으로 추방하도록."

"제…… 제발."

"이게 얼마나 큰 기회인지 깨닫지 못한 모양이군. 지금
뿐이다."

반지에서부터 언월도가 자라난 후에야, 녀석은 부리나케
도망쳤다.

* * *

루카스가 부상자들을 돌면서 적어 온 프로필 파일을 바
쳤다. 상태 창에서 보이는 것은 기본 사항이고, 녀석들이
살아온 이력들을 빠짐없이 적게 했다.

거짓이 담겨 있을 경우에는 바깥에서 또 걸러지게 될 것
이다.

그로부터 다섯 시간 후.

내가 몸을 일으키자 작게나마 존재했던 신음 소리마저
멎었다.

우연희는 말없이 뒤를 따라왔다. 그녀도 녀석들이 그룹
에서 이탈하는 걸 개의치 않았다.

도망쳐 봤자 거대한 절지동물들의 먹잇감으로 전락하는
것 외에, 다른 일은 없기 때문이다. 또 이탈할 수 있을 정도

로 몸 상태가 좋은 녀석은 루카스밖에 없기 때문이기도 하고.

우리는 던전 입구를 기준으로 애송이 녀석의 가시거리가 미치지 않는 곳에서 걸음을 멈췄다.

첫 번째로 진입할 예정자는 중국 이름을 가진 녀석이었다. 왕첸. 퀘스트 넘버 91.

지도 창 위로 녀석을 가리키는 점이 이쪽과 포개졌다.

오사카 던전에 들어온 지 열 시간째였다.

녀석의 지도 창에서 내 위치는 열 시간째 변동이 없었을 터, 녀석은 던전 경험이 없든지 혹은 탈주의 인장을 가지고 있었을 것이다.

그러니까 조금의 망설임 끝에 던전에 진입하고야 만 것이겠지.

녀석이 던전 입구에 걸쳐 있던 푸른 막에서 걸어 나왔다.

그러고는 우두커니 서 버린다.

확실했다. 던전이 초행인 녀석이다.

"왜 퀘스트를 포기하지 않았지?"

녀석이 깜짝 놀라며 소리가 들려온 쪽으로 집중했다. 비로소 녀석의 가시거리 안까지 들어가 줬을뿐더러, 녀석에겐 너무 갑자기였기 때문이었을 것이다.

녀석이 황급히 바깥으로 도망치려 하는데 그게 될 리가

없었다. 도리어 따끔한 충격만 받고 뒤로 자빠졌다. 우연희가 고개를 절레절레 저었다.

녀석이 뭐라 말하기 시작했다. 중국어였고 몹시 다급했다.

"영어는 못하는 모양이군."

그 말과 함께 녀석의 상의를 찢었다.

인장이 하나 있으나 F급의 근력 상승 인장에 불과했다. 그 순간 인장이 구릿빛 기운을 일으키며 녀석의 눈빛도 호전적으로 변했다.

녀석은 그렇게 내 손아귀에서 벗어날 뿐만 아니라, 내게 한 방 먹일 수 있다고 생각했던 것 같았다.

지금껏 녀석이라 칭했지만, 배불뚝이 중년인이다. 턱살도 제법 껴서 녀석이 힘을 쓸 때마다 그쪽이 꿈틀거렸다.

"알아듣지 못하겠지만…… 넌 개미지옥에 들어온 거다."

딱 죽지 않을 정도의 근력으로만 녀석의 얼굴에 한 방 먹였다.

퍼억!

녀석이 쓰러지며 보잘것없는 식칼 하나가 떨어져 나왔다.

일등석 왕복 티켓이 여권에 어김없이 끼워져 있었다.

인민폐 외에도 엔화와 달러가 지갑에 가득한데, 조나단 투자 금융 그룹의 은행에서 발행한 '로얄 플래티넘 카드'까지 들어 있었다.

그 말인즉, 녀석의 재력은 돈이 그냥 많은 수준이 아니라는 소리였다.

조나단 그룹에서 주최하는 플래티넘 클럽에 들어갈 수 있는 자격을 갖췄다는 뜻이었으며, 곧 녀석의 사회적 신분을 가르쳐 주고 있는 바였다.

회장님. 대부님 소리를 들으며 살았을 녀석이 수행원도 없이 혼자서 움직였다?

어지간히도 성격이 급한 녀석인 모양.

어쨌든 조나단이 진행했던 중소 은행 합병 건이 대략 마무리된 건 올해 초였다.

한 번씩은 들어 봤을 것이다.

은행은 군대보다 무서운 무기라는 말.

한 나라가 위기에 처했을 때.

투기성 사모펀드들이 가장 먼저 노리는 것이 은행인 이유가 거기에 있다.

은행을 지배하는 자가 그 나라의 경제 주권을 지배한다.

1990년대부터 2010년도까지의 북미 은행 업계는 춘추

전국 시대였다.

그것들이 일명 빅4로 불리는 대형 은행들에 합병되는 게 기존의 역사였다.

AP머건, 더시티 그룹, BOG, 헨리윌리엄.

하지만 조나단이 인수 합병시켜 만든 대형 은행이 그들의 질서에 끼어들며 빅5가 되었다. 대격변이 일어났다.

새로운 대형 은행의 탄생에 세계 금융계가 올해 초부터 들썩이고 있는 이유는, 그것이 조나단 투자 금융 그룹의 휘하에 편입됐기 때문이었다.

자산 운용 업계만 놓고 보자면 질리언 투자 금융 그룹이 1위로 올라섰지만, 세계 모든 그룹의 총자산 순위를 포함한 가장 부유한 조직의 넘버원은 조나단 투자 금융 그룹이 차지한 것이다.

내가 시스템의 장난질을 받아 주고 있는 이 시각.

조나단은 김청수와 함께 모기지론 상품들을 쏟아 내고 있을 것이다.

틱!

가볍게 던지자, 녀석의 신용 카드는 토굴 벽 속으로 자취를 감췄다.

스즈키 자매의 그룹원 중 동양인은 네 명이었다. 그들 가운데 하나는 대만 사람으로 중국어와 영어, 두 언어가 가능한 자였다. 그가 통역을 맡았다.

"부동산 개발 그룹, 글로리 그룹의 회장이라고 합니다."

놀란 표정으로 보건대, 통역도 글로리 그룹의 이름을 알고 있었다.

글로리 그룹이라.

생각보다 거물이지만 카르얀 가문 같이 질서에 편입된 세력은 아니다.

"그의 사람들이 자신을 찾고 있을 거라고도 합니다. 지금 놓아 준다면 없던 일로 하겠답니다."

통역은 거기까지 전달한 후 내 눈치를 살폈다.

"말해 봐."

"그렇지 않으면 후회하게 만들어 주겠답니다."

어차피 이 정도 사회적 신분을 가진 녀석을 살려 둘 생각은 없었다.

몸을 일으키는 순간, 녀석이 신음을 토하며 시끄럽게 외쳤다.

"다, 다시…… 앉으랍니다."

더 계산할 가치가 없는 녀석이다. 나는 루카스에게 손을 저어 보였다.

루카스가 녀석을 질질 끌고 사라졌다.

내가 진정 기다리고 있는 자들은 이런 녀석들이 아니다.

모든 팔악팔선이 사전 각성자는 아닐 테지만, 팔악팔선 16인 중 지금까지 얼굴을 맞댄 녀석들은 일악, 이선, 사선, 칠선, 팔선.

그렇게 다섯 명에 불과했다.

퀘스트 넘버 6에 기대를 걸어 본다.

우연희, 스즈키 자매, 미하엘, 조슈아에 이은 강자로, 책정된 녀석이니까.

＊　　　＊　　　＊

"아니어라. 사람을 어찌 죽이겠습니까. 참말로 아니어라. 믿어 주시오. 나가 잘못한 것은 호기심에 환장한 것밖에 없는 것인디⋯⋯."

목포에서부터 날 쫓아온 녀석이었다. 퀘스트 넘버 90번대.

녀석은 발발 떨었다.

건설 현장을 돌며 하루 벌어 하루 먹고 사는 신세라 주장하는 녀석이, 여권을 가지고 있다는 게 납득되지 않는 일이었다.

01년도에 친구들과 동남아로 황제 관광 한 번 다녀왔다고 항변하던 걸 끝으로.

녀석 또한 진입자 무리 속으로 처박아 두었다.

다음이 고대하던 퀘스트 넘버 6의 차례였다.

개미지옥을 파고 기다린 지 이틀이 지나가던 날이었다.

녀석의 출발지는 LA였고, 지금은 지하철을 타고 있는지 교외를 우회해서 오는 속도가 빨랐다. 녀석을 기다렸다.

지금까지의 진입자 대부분은 던전 입구에서 망설였었다.

던전 초출인 녀석들뿐이었던지라, 환상을 머금은 얼굴로 들어왔다가 갑자기 펼쳐진 어둠에 놀라기 일쑤였었다.

그러나 녀석은 달랐다.

녀석을 가리키는 점이 던전 입구에서 움직이질 않는다.

던전 입구의 푸른 막에 매료되지 않는 자들은 없다.

일단은 발을 담가 보는 게 일반적인 행동이다. 그러니 녀석처럼 입구 바깥에서 내가 나오기만을 기다리고 있다는 것은 딱 한 경우였다.

던전을 경험해 본 적이 있던 녀석이다. 그런데도 지금까지 용케 살아남았고.

나는 녀석의 뜻대로 해 주었다.

[인장(탈주)가 제거 되었습니다.]

모처럼 만에 햇볕을 받으며 나왔을 때.

너무나 익숙한 것이 눈앞에서 일렁거렸다.

나를 노리고 날아오는 단검 하나.

거기에 품어져 있는 건…….

뇌력(雷力)!

아직은 조잡한 벼락 줄기들이었다.

*　　　*　　　*

아니었다.

뇌정신(雷霆神).

그러니까 뇌력을 품고 있는 신의 이름으로는 꼭 오딘만
이 존재하는 게 아니다.

제우스, 토르, 인드라, 웰레, 운사(雲師) 등 뇌력 계파의
일종은 다양한데, 녀석의 벼락 줄기는 신의 이름을 담기에
는 극히 조잡했다.

최고조로 성장한다 할지라도, 오딘의 분노 D 등급 수준
에도 못 미칠 것이다.

잠재력 하급 스킬들의 한계는 고작해야 그 정도 수준.

쳇.

고대하고 있었는데 실망이었다. 고개를 꺾자 단검은 허
무하게 지나가 버렸다.

하기야 본 시대에서도 어린 녀석이었던 육선이 지금 나타날 수는 없었다.

타다닥.

흔들리는 수풀 사이로 도망치는 소리가 났다.

쉐아아악—

녀석의 뒤로 달라붙은 그대로 어깨를 잡아당겼다. 녀석이 지면에 부딪혔다가 튕겨져 올라왔다. 그때 녀석의 얼굴을 볼 수 있었다.

백인 남성. 처음 보는 얼굴이다.

퀘스트 넘버 6을 달고 있는 녀석이라 혹시나 했었던 것도 물거품으로 사라지는 순간이었다.

튕겨져 오른 녀석의 대가리를 주먹으로 내리쳤다. 그제야 작은 운석구처럼 파여 버린 홈 중앙에서 꿈틀거리기 시작했다.

"설렜잖아."

녀석의 아이템과 인장 유무를 확인한 뒤 백팩을 뒤졌다.

지갑에 애인 사진 한 장이 들어 있는 것 외에는 별게 없었다.

핸드폰은 있지도 않았다.

어떤 특별한 능력으로 던전에서 살아남을 수 있었는지, 혹은 초반의 나처럼 운 좋게 탈주의 인장을 획득할 수 있었는지 따위는 더 이상 궁금하지 않아졌다. 시스템의 편애가 작용했겠지.

이 시절에는 이런 녀석들이 적지 않을 것이다.

제대로 성장하면 본 시대를 주름잡는 강자가 될 수 있었을 테지만, 대개 시작의 날이 오기도 전에 자멸해 버리고 만다.

시스템의 편애로도 던전의 난이도를 감당하기 힘든 것이다.

정신 병동으로 끌려가지 않았다 할지라도, 다른 암살 퀘스트에 잡아먹히는 식으로.

그나마 사전 각성자를 가장 많이 보유하고 있던 레볼루치온도 시작의 날이 도래했을 때 보유하고 있던 사전 각성자의 수는 한 개 공격대 규모를 넘지 못했다는 것까지가, 내가 추정하고 있는 선이었다.

결코 적은 수가 아니다.

지금 시절뿐만 아니라, 본 무대인 시작의 장에서도 살아남은 자들의 수가 그만큼이나 되는 것이니까.

각설하고.

퀘스트 넘버 6은 팔악팔선이 아니었다.

나머지 팔악팔선들은 퀘스트가 뜨지 않았거나 아직 각성하지 않았거나, 했어도 시작의 장에서 성장했을 가능성이 높았다.

그때 메시지가 떴다.

암살 퀘스트를 완료했다는 녀석의 사망 통보였다.

*　　　*　　　*

이제 남은 탈주의 인장은 3개다. D급 탈주의 인장으로만 구성되어 있다.

던전으로 돌아가지 않았다. 녀석의 시신만 던전 깊숙이 던져 놓고선 입구 지척의 비탈에 몸을 눕혔다.

슬슬 내 쪽으로 향해 오는 녀석들의 수가 늘어나고 있던 때였다.

시간대는 다양하나, 앞으로 여섯 시간 내에 15명 정도가 예정되어 있다.

그중에서 첫 번째로 당도한 녀석은 사토 히로시. 퀘스트 넘버 61. 스즈키 자매 그룹의 모집책이었던 녀석은 폭력단 넷을 대동해 왔다.

그때부터 도착한 녀석들의 다리를 분질러 놓고, 던전 안으로 밀어 넣었다.

탈주의 인장을 보유하고 있는 경우는 없었다.

개미지옥은 슬슬 마무리되고 있었다. 이따금씩 소리를

들고 온 우연희가 진입자들을 옮기며 푸른 막 뒤에서 얼굴을 보였다.

암살 퀘스트가 뜬 100명 중, 개미지옥에서 정리된 녀석은 총 35명.

거기에 레볼루치온의 25명이 보태져 60개의 퀘스트가 대충 정리된 셈이었다.

나머지 40명은 여권을 기다리고 있든지 혹은 암살 퀘스트의 난이도에 겁을 먹거나 관심을 보이지 않는 모양이다. 그들의 움직임에는 큰 변동이 없었다.

그러나 정작 문제는 그런 녀석들 중에서 일어날 수밖에 없다. 나를 도모하기 위해 음모를 꾸미는 녀석들이 없으리란 법은 없으니까.

그때 우연희와 나는 푸른 막을 경계로 마주 보고 있었다.

안 들어올 거야?

우연희가 뻐금거렸다. 우연희에게도 나오라고 손짓했다.

줄곧 푸른 막에 막혀 있던 목소리가 제대로 들려왔다.

"움직임에 큰 변동이 없다. 며칠 내로 올 녀석들이 아니야."

"그런데 선후야. 안의 조짐이 그렇게 좋지 않아. 지금까

지는 내 눈치를 보느라 별 탈이 없는데, 네가 계속 자리를
비웠다가는…… 알잖아. 어떤 사람들인지. 작당들을 할 거
야."

"식량은?"

"각성자 서른 명에 폭력단 열세 명. 모두 마흔셋이야."

부족하다는 소리였다.

"추가 보충이 없다면 아끼고 아껴야 이 주나 갈까."

"그 정도면 충분해."

이 주 정도면 부상자들의 상태는 상당히 호전될 것이다.
식수와 식량은 던전의 물웅덩이에서 어떻게든 해결할 수
있다.

녀석들은 생존하기 위해서라도 어둠을 헤치며 나갈 수밖
에 없는 것이다.

"녀석들의 아이템도 다 두고 나왔지. 식량이 떨어질 때
쯤이면 루카스와 스즈키 그룹원들을 필두로, 알아서들 시
작할 거다."

"선후야?"

"많이 죽겠지. 하지만 그들만의 체계가 생긴다. 일단은
루카스에게 힘을 실어 줬으니 그가 리더십을 발휘한다면
리더로 자리매김할 테지만, 역량이 미치지 못한다면 마땅
한 자가 그 자리를 대신하겠지."

그러자 우연희는 새삼스러운 눈으로 나를 쳐다보았다.

왜 모를까.

그녀가 한 번씩 괴로운 표정을 보였던 건, 내가 그것들을 전부 다 제거할 것처럼 느껴졌기 때문이었다. 그건 학살이다.

목포 녀석처럼 순전히 호기심 때문이었다고 주장하는 녀석도 적지 않았다.

스즈키 자매와 끝까지 퀘스트를 포기하지 않은 녀석 뒤로 제거한 건수는 몇 되지 않았다.

왕첸 그리고 퀘스트 넘버 6처럼, 보통의 녀석들보다 현 능력이든 사회적 능력이든 확실한 우위를 점하고 있던 녀석들뿐이다.

"문제는 아직도 움직이지 않는 녀석들이다. 부탁이 있어."

"여기는 내가 주시하고 있을게."

"추가로 올 녀석들은 나를 쫓아올 거다. 여기에 도착할 녀석들은……."

"일본 폭력단."

"어디까지 이야기됐는지는 몰라도, 본부에도 여기 일을 알고 있는 녀석을 남겨 뒀을 공산이 높지. 어설프게 인정 베풀지 마라. 보이는 족족 다리 분질러서 처박아 넣어."

"다른 지시는?"

"식량은 충분해?"

마지막 물음에 우연희가 제 배낭을 탁탁 쳐 보였다. 그러면서 우연희 본인도 모르는 하품이 빠져나왔다. 우연희가 눈을 깜박거렸다.

일본에 도착한 후로 우리는 단 한 번도 눈을 붙이지 않았다. 나는 아직까지 별 탈이 없으나, 우연희의 체력 등급은 나보다 한 등급 낮은 C 등급이었다.

폭력단 녀석들이 설치해 둔 야영 텐트를 가리키며 말했다.

"한숨 자 둬. 잊지 말고 핸드폰 켜 두고."

*　　　*　　　*

오사카 시내로 들어왔다.

도톤보리의 인터넷 카페에서 작성한 목록을 조직에 보낸 뒤 핸드폰을 들었다.

〈 지금 메일 하나 들어갔을 거다. 〉

〈 확인했습니다. 〉

믹은 살짝 당황한 목소리였다.

한 번에 40명이나 되는 고양이들의 목록을 받았으니 그럴 수밖에.

한편 조직의 기존 감시 대상이었던 서점 소녀 티나는 퀘스트 상에서 빠져 있었다. 뮤직 테카의 설립자 와인드 러치는 닷컴 버블이 터진 직후 떠난 여행에서 우연히 던전을 발견했다가, 거기서 매장당했다.

티나의 경우를 보면, 시스템은 현존하는 모든 사전 각성자들에게 퀘스트를 띄운 게 아니었다.

〈 정부 부처나 재계의 중요 인사와 관계된 자인 경우에는 지금 불러 주는 번호로 즉시 보고하도록. 〉
〈 예. 〉

전화를 끊을 때였다.

[퀘스트 '암살(33)'이 취소 되었습니다.]
[퀘스트 '암살(45)'가 취소 되었습니다.]
[퀘스트 '암살(46)'이 취소 되었습니다.]

레볼루치온 쪽이다.

며칠간 사망자 하나 없이 진행되던 던전 공략 중, 일거에 세 명이 죽어 버린 걸 보면 보스전이 시작된 것 같았다. 지금도 그렇다. 생존자들은 낙오자들의 죽음을 발판으로 성장한다.

〈 제이미. 접니다. 에단. 〉
〈 아…… 아! 예? 예. 〉
〈 어떻게 돌아가고 있습니까? 〉
〈 ……에단. 에단. 괜찮으신 거죠? 〉

　목소리가 심상치 않았다.

〈 무슨 일입니까. 〉
〈 솔직히 말씀드릴게요. 나 전무 부부가 어떤 사건에 휘말렸는지는 알고 싶지 않았어요. 그런데 일이 그렇게 돌아가질 않아요. 〉

　순간 등골이 쭈뼛 섰다.
　그러나 이어진 제이미의 말은 내가 우려하던 바가 아니었다.

〈 수상한 자들의 접근이 있었지만 사전에 차단했어요. 지금도 나 전무는 호텔 방에서 업무 중이시고, 부인 되시는 분은 호텔 마사지를 받고 계시죠. 그런데 에단. 왜 모르시죠? 지금 어디신가요? 〉

얼굴을 구기며 키보드에 손을 올렸다. 우리나라 포털 사이트에 접속한 순간, 어제 자로 시작된 속보들이 큼지막하게 눈에 박혔다.

「국세청, 전일 그룹 세무 조사 전격 착수」
「검찰. 전일 그룹 회장 제이미 양, 박충식 사내 이
사 소환 조사」
「무소불위의 권력, '전일 게이트' 터지고 마는
가?」

젠장. 단순한 정기 감사에서 파생될 사건은 결코 아니다.

〈 어제 소환 조사에 충실히 임하셨군요. 그건 잘하셨습니다. 〉
〈 형식적인 절차였어요. 〉
〈 우리 그룹 장부, 문제 많습니까? 〉

〈 없다고는 말 못 드려요. 하지만 조사 대상은 그룹 자본 전체의 움직임이 아니라. IMF 당시에 자본금이 들어온 경위로 집중되어 있어요. 〉

우리나라 정부에서 주도적으로 벌일 사안은 아니다. 특히 자본금이 들어온 경위라면, 우리나라 정부도 발목 잡힐 부분이 한두 군데가 아니니까.

〈 이건 해프닝으로 끝날 거예요. 이 나라 정부야말로 우리보다 더 그렇게 되길 바라고 있을 뿐만 아니라 그런 의중 또한 비치고 있어요. 그래도 에단, 마무리되기 전까지는 서울로 들어오셔선 안 돼요. 아시겠죠? 〉

정부에서 들추고 싶지 않은 옛 기록들을 제 손들로 뒤적이기 시작한다.

우리나라 VIP를 움직일 수 있을 만한 힘이 움직이고 있는 것이고, 내가 표적인 것이다.

모순은 거기서 발생한다.

자금 쪽으로는 전일 그룹과 나와의 연관성을 절대 찾을 수 없다. 겹겹이 쌓아 둔 유령 회사로 하여금 출처를 완전히 숨겨 놓았다.

가장 공들인 게 그 일 아니었던가.

미 재무부도 작정해야 3년이 넘게 걸릴 일.

그마저도 중간에 고리를 끊어 놓으면 무주공산(無主空山)이 될 일.

그런데도 이미 나를 특정해서 전일 그룹을 공격하고 있다?

〈 기다려 보세요. 〉

핸드폰을 어깨에 낀 채 어제 자 기사를 뒤적거렸다. 역시였다.

전일 은행의 이름이 많이 언급되고 있었다.

〈 제이미. 나 전무 부부 안전한 거 맞습니까? 〉

확연히 바뀐 분위기를 곧장 알아차렸는지, 그녀의 당황한 호흡 소리만 흘러나왔다.

〈 다른 건 다 넘어가도. 그 건과 연관된 일을 숨기면……. 〉

내 목소리가 먼저 부르르 떨렸다. 그 다음에야 제이미의
떨리는 목소리가 나왔다.

〈 출혈 감수하고 나 전무님을 방어했어요. 저와 박 이사
가 검찰 소환에 임하면서까지요. 숨기려고 한 게 아니라,
다 해결된 문제라서 말씀드리지 않은 거예요. 심려만 끼쳐
드렸을 테죠. 〉

〈 확실히 합시다. 전일 은행이 타깃이었고, 그중에서도
나 전무를 노린 거였다. 맞습니까? 〉

〈 ……이 나라에 왜 들어오시지 말라 했는지 아직도 모
르시겠어요? 나 전무님이 타깃이 아니에요. 〉

〈 묻는 말에나 대답하세요. 〉

잠깐의 정적 후였다.

〈 이 나라의 '나선후' 들이 실종되고 있어요. 선후 씨. 이
나라에서 당신 부모님을 건들 수 있는 사람은 누구도 없으
니까, 그러니까. 당신이야말로 조심해야 한다고요! 〉

*   *   *

퀘스트 대상인 내가 일본에 있는 걸 알면서도 한국의 나선후들을 노리고 있는 건, 시스템을 시험해 보고 있는 것이다.

그렇게 우리 아버지를 노렸던 것도 내 신분을 특정해서 벌인 일이 아니라, 그저 우리 아버지가 한 나선후의 아버지였기 때문이었다.

한국 정부를 움직일 수 있을 정도로 힘이 있는 녀석이다.

그런 녀석은 흔치 않다.

〈 동명이인이 몇이나 됩니까? 〉

〈 아홉 명이에요. 그중 다섯 명이 실종됐어요. 남은 세 명은 저희 쪽에서 사람을 붙여 놨고요. 〉

제이미가 일은 잘했다.

그러나 우리 아버지를 방어하고, 남은 세 명에 경호 인력을 붙인 시점에서.

나를 둘러싼 전일 그룹과의 관계를 자연히 유추해 낼 수 있었을 것이다.

내가 실제 주인이라는 것까지는 아니더라도, 나선후의 아버지에게 그만한 파워가 있다는 것까지는.

〈 의심스러운 자들을 추적해 놓으세요. 지금 서울로 들어갑니다. 〉

〈 지금 오시면! 〉

〈 할 수 있습니까. 없습니까? 〉

〈 있습니다. 〉

〈 좋습니다. 우리 그룹 경호팀 솜씨 좀 봅시다. 〉

*   *   *

프랑스, 트리아농 팰리스 호텔(Trianon Palace Hotel)에서 03년도 빌더버그 클럽 회의가 개최되었다.

분위기는 최악이었다.

이라크 전쟁을 두고 유럽 회원들과 영국 회원들 그리고 미국 회원들 간의 입장 차가 컸기 때문이다.

02년도 회의에서 영국과 유럽 회원들이 이라크 전쟁을 극렬히 반대했었지만, 미국 회원들은 이라크 전쟁을 감행해 버렸다.

이는 명백히 빌더버그 클럽이 지켜 온 질서를 무시한 바였다.

언성이 높아졌다.

적대감과 긴장감이 팽배해질 무렵. 위원장이 1차 회의의 끝을 알리고, 다음 날 시작되는 2차 회의를 기약했다.

"작년 회의에서 이미, 미국 회원들이 약속을 어길 걸 알고 있었죠?"

카산드라가 질리언에게 물었다.

"또 그 이야기요? 우리 그룹은 닷컴 버블 직후부터 석유 시장에 주력해 왔소. 클럽의 결의와는 다른 이야기란 말이오."

"언질해 줄 수도 있었잖아요."

카산드라의 어투에는 가시가 품어져 있었다. 작년도 회의에서 이라크 침공은 없던 걸로 결정되었고, 원유 선물 시세도 그렇게 내리기로 결정되었었다.

그래서 카산드라는 당시에 모든 원유 포지션을 정리하였다.

그때 카산드라의 포지션을 흡수한 건 조나단 투자 금융 그룹과 바로 앞.

질리언 투자 금융 그룹이었다.

하지만 미국 회원들이 약조를 어기면서 원유 선물 시세는 날이 가기 무섭게 폭등하고 있었다.

카산드라가 말했다.

"한 번씩 보면, 질리언은 우리가 같은 영국 회원인 걸 잊고 있는 것 같아요. 질리언은 이번이 두 번째 참석이라서 오늘 분위기가 익숙지 않겠죠. 이런 분위기는 단기간 안에 해소되지 않아요. 우리 영국 회원들 간의 결속이 절실한 때란 거, 난 그걸 말하고 싶은 거예요."

"공과 사는 구분합시다. 포지션을 양도하는 일은 없을 거요."

질리언은 미소로 넘기며 벤치에 앉았다.

클럽 회원들이 버린 담배꽁초들을 줍고 있는 사내들이 보였다.

질리언은 작년도 회의에 참석했을 때가 떠올랐다. 호텔의 궂은일들을 도맡아 하고 있는 사내들이, 실은 CIA와 모사드의 요원들이라는 말을 들었을 때의 기분이란……

이번 회의에서도 세계의 정예 요원들이 청소와 잔심부름을 담당하고 있었다.

항상 그래 왔다고 했다.

그때 질리언 옆에 카산드라가 따라붙었다.

질리언은 카산드라가 자신에게 보이는 관심이 달갑지 않았다. 다른 회원들을 귀찮게 하면 좋으련만, 본인만 붙잡고 늘어진다.

이해는 된다. 작년을 기점으로 석유 카르텔 그룹에서 아웃됐으니.

한데 이건 카산드라만의 일이 아니다. 미국 회원들이 클럽의 결의를 깰지 몰랐던, 석유 카르텔 그룹의 구성원 대부분이 그때 아웃됐다.

그래서 현재 석유 카르텔 구성 그룹은 셋으로 좁혀진 상태다.

질리언 그룹, 로트실트 그룹 그리고…….

'또 조나단 그룹이지.'

"조나단 헌터는 이번에도 초대받지 못한 거요? 보이지 않던데."

"그들은…… 음…… 골칫덩이죠."

뉘앙스가 이상했다.

이를 질리언이 눈치채며 물었다.

"존 도가 누군지 밝혀졌소?"

카산드라가 희미한 미소를 지었다. 무척이나 음흉해 보이는 미소였다.

"당신이 아니라도 자연히 알게 될 거요."

"한국인이에요. 아직도 모르셨어요?"

카산드라가 깔깔거렸다.

'한국인이었나?'

그제야 질리언은 답답했던 마음속 한구석이 뻥 뚫리는 것 같았다.

조나단 투자 금융 그룹은 빌더버그 클럽의 구성원이 되

어야 할 세력이었다. 그랬던 것도 미 정부가 정신없는 틈을
타, 중소 은행들을 합병하면서는.

단순한 구성원이 아니라 클럽의 중추에 앉혀도 될 정도
의 세력으로 거듭났다.

그런데도 그들이 클럽의 초청을 받지 못했던 데에는 까
닭이 있었다.

"중국인이 아닌 게 천만다행이죠. 그야말로 치욕이었을
테니까요."

질리언은 뜨끔했다. 그의 그룹 자본이 중국 자본이라는
의심을 오래전부터 가지고 있었기 때문이었다.

"한국인 누구요. 한국에 그만한 사람이 있을 수가 없는
데."

카산드라는 호텔 입구 쪽으로 시선을 돌렸다. 미 재무부
장관과 나토 연합의 총사령관이 담소를 나누고 있는 쪽이
었다.

"분위기가 이렇게 되지 않았다면 내일 안건은 그것이었
을 테죠."

질리언은 비웃듯이 대답했다.

"안건으로 다룰 만한 사안이 아니오. 진즉 그들을 초청
했어야지."

조나단 투자 금융 그룹이 빌더버그 클럽을 필요로 하는

게 아니라, 빌더버그 클럽이 조나단 투자 금융 그룹을 필요로 한다.

"질리언은 호의적일 수밖에 없겠죠."

"썩 좋게 들리지 않소만."

질리언의 미간이 꿈틀거렸다.

천외천의 세계에 들어왔어도 그는 아직 주류에 편입되지 못했다.

주류는 유서 깊은 가문들이다. 카산드라의 가문이나 카르얀 가문 같은.

"언제까지 숨기고 있을 수만은 없어요, 질리언. 그때가 되면 우리들도 질리언을 보호해 줄 수 없다는 거, 아시죠?"

질리언 투자 금융 그룹의 실제 주인들을 밝히라는 압박이었으며, 지금이라도 카산드라 본인에게 석유 포지션을 양도한다면 힘을 써 보겠다는 제안이기도 했다.

그런데 왜일까?

질리언은 이미 작년도에 그 부분에 대해서 만반의 준비를 하고 들어왔었다.

그런데 공세가 몰아치던 시점에서, 이상하게 자신의 힘이 되어 준 건 유럽 회원 쪽인 카르얀 가문이었다.

카르얀 가문의 새로운 가주.

조슈아 폰 카르얀.

생각할수록 이해가 되지 않는 일투성이었다.

질리언은 마르크화를 공격했던 게 실은 카르얀 가문을 공격하는 행위였다는 것쯤은 당시에 절실히 깨달았다.

그런데도 카르얀 가문의 새로운 가주는 이상하게 자신에게 호의적이었다. 호텔에 머물던 내내.

마침 올해 회의에 대리 출석한 카르얀 가문의 전 가주가 둘을 향해 다가왔다.

질리언과 카산드라는 동시에 일어났다.

"카산드라 자네는 어째 나이를 먹지 않는 것 같아. 표정 하나하나가 다 살아 있어."

카산드라는 웃으며 손사래 쳤다.

"웃으라고 한 소리가 아니야."

"어느 장단에 맞춰 드릴까요? 호호."

"클럽 안까지 바깥일을 끌어 들여오지 말란 말일세. 눈을 그리 생생히 빛내면서도, 자네를 바라보는 시선들은 어찌 못 보나. 미국 회원들만으로도 복잡한데 자네까지 신경 쓰이게 만들어 주지 않았으면 좋겠군."

카르얀 가문의 전 가주는 그 말만 남기고 되돌아갔다. 카산드라는 전 가주의 뒷모습을 노려보다가 자리에서 일어났다.

"할 수 없네요. 남은 회포는 회의가 끝난 후에 풀기로 하죠. 초대해 주실 거죠?"

"잠깐. 조나단 그룹의 존 도가 한국인인 것만은 분명하오?"

"미국 회원들이 밝힌 것까지는, 그렇죠."

"그것뿐이오? 국적만?"

"조나단 투자 금융 그룹을 우리 클럽에 초청해야 된다는 건 질리언, 당신만의 생각이 아니에요. 우리 모두가 그랬죠."

그랬죠, 였다.

질리언은 상황이 대충 파악됐다.

과거의 회의 중.

클럽에 조나단 그룹을 초청해야 한다는 주장이 있었을 것이고, 미국 회원들이 그들을 초청할 수 없는 이유를 들려주었을 것이다.

"내일 안건은 아시죠?"

유정에서부터 원유에 직접세를 부과해야 한다는 안건이었다.

일반 대중에게는 그게 어떤 사안인지 잘 와닿지 않는다.

진실은 전 세계 국민들에게 직접 세금을 징수할 수 있도록 창구를 열어 두는 것으로, 전 세계에 대한 클럽의 지배력을 확장시키는 일이었다.

카산드라는 질리언에게서 찬성표를 던질 거라는 확언을 듣고 난 다음 발길을 돌렸다.

그녀가 주변을 스윽 두리번거린 후 휴대폰을 꺼냈다.

연락이 닿자마자 들려오는 대답은 그녀가 기다리던 소식이 아니었다.

*   *   *

〈 죄송합니다. 〉

〈 왜? 〉

〈 막혔습니다. 전일 그룹의 자본금을 추적하는 선으로 우회하였으나, 효력은 기대하지 않습니다. 〉

〈 그 정도야? 〉

〈 더 진행했다간 외교 문제로 비화될 수 있습니다. 고려해 주십시오. 〉

한국 깊숙이 침투한 투기 세력이 있다는 이야기는 진즉 들었다.

그런데 침투 따위가 아니라 장악이었다.

본 가문의 힘보다도 고작 정체불명의 투기 세력에 휘둘릴 정도로, 한국 정부는 위태로운 지경에 빠져 있었다.

카산드라는 기가 막혔다.

한국.

조그마한 반도 국가지만 명색이 동방의 경제 대국으로 성장한 나라 아니던가. 그런데도 투기 세력 하나에 휘둘려?

퀘스트가 자그마치 S 등급인 이유가 있었다.

카산드라는 한 국가를 상대해야 하는 퀘스트라면, 응당 S 등급을 매길 만하다고 생각했다.

시간을 넉넉히 잡고 처음부터 차근히 준비를 갖춰서 시작해야 하는 일이다.

〈 남은 요인들은? 〉

〈 전일 그룹의 사람들로 추정되는 자들이 붙었습니다만, 계속 주시 중입니다. 〉

카산드라는 흐응, 하고 콧소리를 냈다.

어차피 동명이인의 나선후들은 시스템을 시험해 보는 데 목적이 있을 뿐이었지 큰 의미가 없었다.

일본 오사카에서 며칠째 움직이지 않는 나선후, 그자가 진짜다.

그리고 전일 그룹의 은행 전무 아들 나선후가, 그자일 가능성이 커졌다.

전일 그룹이 은행 전무를 보호하고, 은행 전무는 아들을 보호하고 있다.

한국에서 전일이라는 이름이 특별한 이름은 아니라고 하지만, 상황이 이렇다 보니 투기 세력의 그룹 이름과 전무의 이름이 동일한 것도 우연인 것 같지는 않다.

여러모로 흥미로운 퀘스트였다.

카산드라의 손이 주머니로 향했다.

[위치 탐색기를 사용하였습니다.]

그녀의 시선이 머무는 쪽으로 지도 창이 떴다.

'어?'

어제까지만 해도 움직이지 않던 나선후의 위치가 서울로 옮겨져 있었다.

자동차를 타고 있는지 이동 속도가 빨랐다.

'아버지에게 소식을 들은 모양이네. 하지만 어쩐담. 넌 이제 족쇄를 찬 거야.'

〈 중요 요인이 서울로 들어갔어. 건들지 말고 주시만 해. 위치는……. 〉

카산드라가 지도 창의 행정 구역 등을 불러 주었을 때였다.

수화기 너머가 조용했다.

〈 착오가 있으신 것 같습니다. 그 위치는 지금 저희들…….〉

그때였다.

수화기 너머가 갑자기 시끄러워졌다.

뭔가 부서지는 소리가 났고, 처절한 비명 소리가 고막을 찔러 들어왔다.

카산드라는 눈살을 찌푸리며 휴대폰을 귀에 더 밀착했다.

그래서였다.

난데없는 한 남자의 싸늘한 목소리가 바로 옆에서 들리는 듯했다.

〈 이건 반칙이지. 〉

'멍청한 자식들, 뒤를 밟혔네.'

카산드라는 그 즉시 전화를 끊으려 했다. 그러나 휴대폰에서 이어져 흘러나오는 한 이름이 그녀를 움찔하게 만들었다.

〈 그렇지 않나? 멜리사. 〉

카산드라의 두 눈이 번쩍 떠졌다.
멜리사.
가문 사람들만 아는 본인의 진짜 이름이었으니까.

Chapter 4.

멜리사 화이트 골드슈타인.

본가 내에서도 그 이름을 아는 사람은 단 넷뿐이다.

조만간 다시 통화하게 될 거라는 남자의 목소리가 계속 머릿속에서 맴돌았다.

그녀는 유럽 회원들 간의 작은 세미나들도 참석하지 않은 채 호텔 방으로 들어왔다. 그녀의 남동생 콜튼이 카산드라의 심상치 않은 분위기를 읽었다.

"무슨 일이야?"

카산드라는 콜튼을 바라보았다.

"서울에서 진행 중인 일이 있었는데, 잘 안 풀렸어."

"누굴 보냈는데?"

"사무엘."

콜튼의 미간이 찌푸려졌다.

사무엘의 팀은 가문의 청소부 중에서도 손에 꼽히는 팀이었다.

그들이 나섰다면 안 풀릴 일은 없어야 했다.

카산드라는 소파에 앉아서 앞자리를 가리켜 보였다.

"괜찮아."

카산드라의 말투는 명령에 가까웠다.

지금껏 누나의 지시를 어겼던 적이 없는 콜튼이었으나, 그는 신중을 기할 수밖에 없었다.

누나의 일에 잘못 휘말려 들었다간 이용만 당하고 처분 당할 가능성이 높았다.

뛰어난 사촌들을 제거하며 지금의 자리를 쟁취한 게 그의 누나 카산드라 아니던가? 본인의 혈육이지만 정말이지 흡혈귀 같은 사람이었다.

나이를 먹지 않는 것 같은 얼굴은 또 어떻고?

"사적인 일이야. 우리 오누이끼리만 할 수 있는 이야기 라니까."

콜튼은 심장이 두근거렸다.

본능이 알려 주는 경고음이었다.

사무엘을 썼으면서도 잘 안 풀린 일, 그걸 자신에게 들려주려 하고 있다. 저의가 무엇이든지 간에…….

하지만 거부할 수는 없었다. 콜튼은 카산드라가 가리킨 자리에 앉았다.

"죽여야 하는 사람이 하나 있어."

"……."

사무엘을 보냈다고 했을 때부터 그런 일일 줄 알았다. 한데 그걸 카산드라에게 직접 듣게 되는 건, 차원이 다른 일이었다.

카산드라의 마수가 비로소 본인에게도 뻗치고 있는 순간이었다.

콜튼이 사색이 되자, 카산드라는 미묘한 미소를 지었다.

"그자를 부탁해도 될까?"

"사무엘은?"

"증발됐어."

"사, 사무엘이 어떻게?"

"전일 그룹."

콜튼이 놀라서 되물었다.

"제이미 양이 타깃이었어?"

월셔 랜드의 일개 직원에 불과했던 그 여자가, 한국을 장악한 투기 세력을 지휘하고 있다.

고무도장을 찍어 주는 역할이나 했다고 해도 IMF 이후의 지난 6년, 동아시아 경제의 격동기를 관통해 온 여자였다.

그녀를 빼놓고는 동아시아 정세를 말할 수 없을 정도로, 제이미 양은 동아시아의 주요 인사 중 하나였다.

"맙소사…… 이건 사적인 일이 아니잖아. 그리고 사무엘이 실패한 것은 차라리 잘된 거야. 전일 그룹의 제이미 양이 암살당했다면 그 파장은 실로 엄청났을 거라고, 카산드라."

"한국이 어떻게 돌아가고 있는지는 알고 있어."

"아니. 잘 모르고 있어. 전일 그룹은 한국의 '카를로스 할림', 그 이상이야."

멕시코의 최고 재벌이자 멕시코의 온 경제를 장악한 남자.

카를로스 할림.

멕시코는 그의 제국이었다.

멕시코의 카를로스 할림과 한국의 전일 그룹은 여러모로 비슷하다.

둘 모두 국가가 외환위기라는 환란을 겪고 있을 때, 중요 기업들의 지분을 헐값에 사들이며 현재의 제국을 완성시켰다.

멕시코 국민들은 할림이 소유한 병원에서 태어나, 그의 자본이 들어간 회사에서 일하며 밥을 먹고 차를 타며, 전화와 쇼핑 등 일상생활 모두를 할림의 영역 안에서 맴돌다 생을 마감한다.

멕시코 GDP의 10% 이상을 차지하고 있는 것만으로도 그러한 평가를 받는 할림 제국인데, 전일 그룹이 만든 제국은 그 이상이다.

전일 그룹이 최대 주주로 장악하고 있는 한국 20개 대기업들이 한국의 GDP 80% 이상을 만들어 내고 있을 뿐만 아니라, 그들 사업 분야의 내수 시장 점유율 또한.

'70% 이상에 달하지.'

콜튼은 카산드라를 향해 고개를 저어 보였다.

그럴 수밖에 없는 이유는, 멕시코의 할림 제국은 멕시코 시장에 한정되어 있으나 한국의 전일 제국은 세계 시장과 긴밀하게 얽혀 있기 때문이었다.

전일 그룹의 직계인 대후 그룹의 건설 사업을 필두로, 일성 그룹의 반도체와 대현시아 그룹의 자동차 사업 그리고 대현 그룹의 조선 사업 등.

한국은 외환위기를 극복한 이후 세계 시장으로 비상하고 있었다.

동아시아의 호랑이라는 옛 명성을 되찾겠다는 듯.

"왜 제이미 양이야? 그녀를 제거해서 얻는 이득이 무엇……."

콜튼은 그렇게 물었다가, 카산드라의 싸늘한 표정에 바로 말을 바꿨다.

제이미 양이 아니라면 전일 그룹 자체인가?

"한국엔 우리가 비집고 들어갈 틈이 없어. 여러 번 검토가 끝난 일이야. 아시아 외환위기 때, 전임들은 그렇게 물러나선 안 되는 일이었지. 이제 와서 누나가 어떻게 해 볼 수 없어."

"호호. 뭘 그렇게 오해하고 놀라니? 사적인 일이라고 했지 않니."

카산드라는 들려줘야 하는 부분까지만 들려줬다. 각성자니 퀘스트니 하는 것들은 제외하고, 딱 '나선후'란 인물에 대해서만.

'왜 그 한국인을 죽여야만 하는 거지?'

콜튼은 그 물음이 목구멍까지 치밀어 올랐다. 도무지 이해가 되지 않는 일이었다.

카산드라와 한국인 나선후와의 접점은 어디에서도 찾아볼 수 없는 일이다. 대체 무슨 원한이 어디서 어떻게 생겨난 걸까.

"왜 이런 대화를 나누고 있어야 하는 거야. 나는 내버려 둘 수 없어? 나 말고도 많잖아. 부탁할게."

"믿을 사람은 사랑하는 내 동생밖에 없으니까."

"카산드라."

"케케묵은 어릴 적 이야기까지 해야겠니?"

"그만. 그건…… 우리도 어쩔 수 없었던 일이었어."

카산드라가 하는 수 없다는 듯이 어깨를 으쓱했다.

"이권이 많이 달린 일이란다. 지금 들려줄 순 없지만, 언젠간 알게 될 거야."

"지금까지 사적인 일이라고만 말했었잖아."

"내가 그랬니? 호호."

"꼭 해야만 하겠어?"

"달아나지 못하게 붙잡아만 줘. 그때와 똑같단다. 네가 잡고 있으면 미는 건 내가 해."

콜튼의 미간이 구겨졌다.

어릴 적에 누나와 함께 죽였던 사촌 동생이, 지금까지도 악몽으로 나오고 있었다. 마침내 콜튼은 괴롭게 일그러진 얼굴로 고개를 떨어트렸다.

"카산드라. 난…… 살인자가 아니야."

카산드라는 자리에서 일어났다.

그러고는 콜튼을 가슴 깊숙이 끌어당기며 그의 귓가에 속삭였다.

"그렇단다. 넌 살인자의 동생일 뿐이야. 운이 나쁘게도."

*　　　*　　　*

콜튼은 극비리에 방문할 계획이었다. 한국의 VIP에게 확언까지 받았다.

그런데도 입국 절차부터 문제가 있었다. 사이드 통로로 빠지지 않았을뿐더러, 인천 공항의 경찰들이 투입될 정도로 많은 인파가 몰려 있었다.

"먼 길 오시느라 수고가 많으셨습니다."

경제 수석 홍주환이 그에게 악수를 청하는 순간, 카메라 플래시가 일제히 터져 댔다.

기자 회견까지 준비되어 있었다.

"이야기됐던 것과 다르군요."

"우리 정부로서도, 우리나라 기자들의 열정을 따라가기가 벅차더군요. 양해 부탁드리겠습니다."

이는 결코 외교적인 언사가 아니었다. 콜튼은 그때부터 뭔가 꼬인 느낌을 강력하게 받았다.

콜튼이 기자 회견 석상에 앉자 질문 공세가 시작됐다.

"유럽 이사회(The European Council)의 공식적인 방문이라고 봐도 되겠습니까?"

"EU 연합과 우리나라의 FTA 발효 문제로 방문하신 건지요?"

콜튼은 개인적인 방문이라는 간략한 답들로 정리해 나갔다.

기자 회견은 10분 정도로 짧았다. 그 후에 의전 차량에 탑승한 콜튼은 경제 수석 홍주환에게 불쾌한 기분을 드러냈다.

"VIP께서도 아시는 일입니까?"

"그렇지 않아도 그 말씀을 드리려 했습니다. VIP께서는 이라크 파병 건으로 외부 미팅에 참석 중이십니다. 금일 일정에 변동이 있는 점, 다시 한번 양해 부탁드립니다."

콜튼은 홍주환을 빤히 쳐다보았다.

어쨌거나 방문 목적이라 밝힌 바는 유럽 연합의 일이 아니었다.

개인적인 신분으로 방문한 것이었고, 이라크 파병 사안이라면 본인보다 우선시 되어야 하는 일이 맞았다.

'그래도 이런 취급이라니……'

콜튼이 이해가 가지 않는 까닭은 그 때문이었다.

유럽 연합의 명함을 달기 이전에 그는 골드슈타인 가문의 일원이었다.

콜튼은 화제를 돌렸다.

“노고가 많으신 걸로 들었습니다.”

“어떤 노고를 말씀하시는지요?”

“6년 전, 이 나라에 들어온 투기 세력 말입니다. 비상해야 할 경제 대국으로서는 참 골치 아픈 문제일 겁니다. 한국의 사정을 자세히 접했던 날을 지금도 기억합니다. 우리 모두는 있어선 안 될 일이라고 경악했지요.”

홍주환도 공감하는 바가 컸다. 하지만 맞장구쳐 줄 수는 없었다. 대선 캠프에 우회해서 들어왔던 선거 자금은 고사하고, 개인적으로도 대후 그룹에서 받았던 상자들이 지금도 저택 지하실에 보관되어 있었다.

그뿐인가.

본시 대후 그룹에서 관리했던 ‘장부’들 또한, 대후 그룹이 전일 그룹에 편입되며 전일 그룹의 수중에 넘어갔을 공산이 컸다.

그건 핵폭탄이었다.

한데 어쩐 이유에선지 골드슈타인 가문에서는 그걸 터트리고 싶어 한다.

홍주환은 모르는 척 조수석으로 손을 내밀었다.

"VIP께서도 그 문제를 중대하게 다루고 계십니다."

그의 수행원이 최근 스크랩해 온 기사 파일북을 건넸다.

홍주환이 그걸 콜튼에게 인계하며 말했다.

"우리나라 문자를 모르시니 간략하게 설명드리겠습니다. 일명 '전일 게이트'라고 해서, 삼 일 전 VIP께서 전일 그룹을 상대로 칼을 뽑으셨습니다."

콜튼은 파일북을 천천히 넘겼다. 그의 시선은 제이미 양과 전일 그룹의 한국인 이사가 검찰에 출두하는 기사에서 고정되었다.

그때 홍주환이 기다렸다는 듯이 말했다.

"사실 VIP께서는 곤란한 입장에 처하셨습니다. 아시다시피 전일 그룹은 우리나라 재계의 상징이 되었습니다. 그들에게 칼을 뽑아 드는 건 재계 전체에 맞서는 것과 다르지 않지요."

"우리 그룹은 수석님 정부를 전폭으로 지지할 겁니다."

콜튼이 말했다.

말뿐만이 아니라, 콜튼은 한국 정부에 도움이 될 전략들을 가지고 들어왔다.

예컨대 전일 그룹이 구(舊)외환은행을 인수했던 당시에 일어날 수 있던 문제들.

그걸 시작으로 전일 그룹을 공격해서, 나선후를 붙잡아

놓을 생각이었다.

"감사합니다. 하지만 외국계 자본으로 인해 일어난 사안을 외국계 자본의 힘으로 풀어 가는 건, 당착에 빠질 수 있는 일이죠. 지금은 그걸 말하려는 게 아닙니다. 조금만 더 설명드려도 되겠습니까?"

콜튼은 대답하지 않는 것으로 대답했다.

"앞서 말씀드렸다시피 VIP께서는 재계 개혁에 칼을 뽑으셨습니다. 그런데 VIP께서 개혁하시고 싶은 바는 재계뿐만이 아니었습니다. 골드슈타인 그룹의 청탁이 있기 전, 검찰에 먼저 칼을 뽑아 드셨죠."

홍주환은 청탁이라는 말을 직접 언급하며 기사 파일북에 손을 뻗었다.

이번 달 초에 있었던 '검사들과의 대화'라는 기사가 펼쳐졌다.

"'이 정도면 막가자는 거지요?'라는 말씀을 하셔야 했을 만큼, 우리나라 검찰의 대항도 만만치 않습니다. 저는 골드슈타인 그룹에게 그 점을 양해 부탁드리고자 기다리고 있었던 겁니다. VIP께서는 검찰과 재계 둘을 상대로 벅차십니다."

홍주환은 정중한 어투였다.

그러나 속에서는 천불이 났다.

언제부터 이 나라가 외국계 자본들에 찍소리 하나 못 하게 되었단 말인가.

마치 조선말과 같은 시국이었다.

청과 일본의 전쟁에 나라가 전화에 휩쓸렸듯이, 전일 그룹과 골드슈타인 가문의 싸움에…….

"홍 수석님."

"말씀하십시오."

"우리 골드슈타인 가문이 전폭적으로 협조하지요."

콜튼은 지지에서 협조로 말을 바꿨다.

그게 어떤 걸 의미하는지 아는 홍주환이었기에 얼굴이 바짝 굳어졌다.

내각에 들어오기 전까진 골드슈타인 가문 같은 존재들을 몰랐었다.

그러나 이제는 안다. 그들은 세계 이면 속에서 근사한 가면을 쓴 채 존재했었다.

"말씀만으로도 감사합니다만."

스르르—

자동차 속도가 부쩍 느려졌다. 그때 차가 완전히 멈추자 홍주환이 눈인사만 빠르게 남기고선 문을 열고 나갔다.

운전석과 조수석의 정부 수행원도 급히 내리는 것이었다.

이는 너무도 비정상적인 일이라, 콜튼의 두 눈이 휘둥그레졌다.

콜튼은 위험을 직감했다.

그래서 그 또한 차에서 내리려 하는데 한 남자가 그를 밀면서 차 안으로 들어왔다.

"우리 잠깐 이야기 좀 할까?"

*   *   *

한강 천변으로 빠지는 외곽 도로였다.

제이미와 조율한 대로, 정부 차량 한 대만이 비탈길을 타고 내려왔다.

경제 수석 홍주환은 나를 의아하게 쳐다보았다.

그것도 잠깐 그는 수행원들에게 손짓하며 자리를 물렸다.

콜튼 스펜서 골드슈타인. 녀석도 차에서 내리려고 했다.

녀석을 가볍게 밀었다.

그러자 녀석은 반대편 문까지 부딪치며, 차창에 머리를 찧었다.

나는 차에 타서 문을 닫았다. 바닥에 놓여 있던 서류 가방은 물론 잠겨 있었다.

완력으로만 잠금장치를 박살 낸 뒤 그 안의 서류들을 끄집어냈다.

금산 분리란 게 있다.

금융 자본과 산업 자본을 분리한다는 뜻으로 산업 자본이 은행을 인수할 때 소유 지분을 제한적으로 취득할 수 있도록 하는 제도다.

우리나라는 산업 자본에 의한 금융 지배를 강력하게 규제하고 있다.

녀석은 그걸로 나를 선제공격하려 했었다.

무슨 말이냐 하면.

전일 그룹이 산업 자본으로 구분된다면 구(舊)외환은행 지분의 10%를 초과해선 안 되며 이를 넘어선 경우엔 엄연한 불법이란 거다.

그런데 이는 시작점에 불과하다.

전일 그룹이 산업 자본인지 금융 자본인지 제대로 따지기 위해선, IMF 당시 전일 그룹에 밀어 넣었던 초기 자본금의 정체를 짚고 넘어가야 한다.

즉, 녀석이 생각해 뒀던 공격은 현(現) 전일 은행에 국한된 것이 아니다.

전일 그룹의 모태인 전일 인베스트먼트의 진짜 자본을

파헤치는 공격이며, 이를 화두로 전일 그룹 전체로 국론을 움직이려는 것이었다.

역시였다.

"쓸데없는 짓을 꾸미고 있었군."

녀석에게 서류 파일을 던졌다. 수십 장의 서류들이 녀석에게 부딪쳐 댔다.

그때 녀석은 반대편 문을 열고 나가려고 했다. 그러던 녀석의 팔을 움켜쥐자, 녀석이 비명을 터트렸다.

우드득.

녀석의 뼈가 내 손아귀 안에서 바스라지고 있다.

"아아악!"

"널 도와주러 올 사람은 아무도 없어. 계속 비명만 지르고 있을 거냐."

비로소 녀석의 시선이 내게로 향했다.

말도 안 돼.

그런 혼란스러운 시선이다.

녀석은 이 상황을 이해하기 위해 머리를 계속 굴려 대고 있겠지만, 녀석이 살아온 세상에서는 일어날 수 없는 일이었다.

국빈으로 들어와 정부 관용 차량 안에서 신체적인 위협을 받고 있다.

경제 수석과 그의 수행원들도 이 안에서 일어나고 있는 일을 안다면 까무러치겠지.

"무, 무슨…… 짓을 하고 있는지 아시오?"

녀석은 거기까지만 말하고 또다시 고통을 호소했다.

"모르는 건 네 녀석인 것 같은데?"

내가 손을 뻗자 녀석이 반사적으로 손을 휘둘렀다.

짜악!

녀석의 따귀를 때려 버린 즉시 녀석의 고개가 획 돌아갔다.

나는 녀석의 안주머니를 뒤져 핸드폰을 꺼내 들었다.

녀석의 핸드폰에 저장된 멜리사의 이름은 카산드라였다.

〈 잘 도착했니? 〉

〈 지금은 팔 하나만 뭉개 놓았다. 하지만 오늘 밤이라면…… 이 녀석 목숨까지는 장담할 수 없군. 〉

순간 핸드폰 너머가 조용해졌다.

〈 죽일 수 있으면 죽여 봐. 나도 어떤 일이 일어날지 궁금해 미치겠는걸. 〉

"당신! 미쳤소?"

코피뿐만이 아니었다.

한쪽 눈에서도 피가 가득 번져 있었으며 따귀를 맞았던 부분을 중심으로 얼굴이 바로 부어오르고 있었다.

짜악!

반대편 따귀도 똑같이 만들어 주자, 녀석의 얼굴이 운전석 시트에 강하게 부딪혔다가 튕겨져 나왔다.

녀석을 때리는 소리나 녀석의 신음 소리가 잘 전달되었을 것이다.

〈 이 녀석 하나 죽는다고 해서 아무 일도 일어나지 않는다. 다시 통화하지. 〉

＊   ＊   ＊

카산드라는 다시 전화를 걸었지만 연락이 닿지 않았다.

'안 돼…….'

나선후의 살기 어린 목소리는 진짜였다. 나선후는 진심으로 콜튼이 죽어도 아무 일도 일어나지 않는다고 생각하고 있는 것이다.

나선후의 능력치가 얼마큼 높은지는 모른다. 하지만 하

나만큼은 분명해졌다.

나선후는 S급 퀘스트를 띄우고 전일 그룹의 비호를 받고 있을 뿐이지, 영락없는 18세 꼬맹이였다.

어린 나이에 외국으로 나가고 영어를 유창하게 하기에, 본 골드슈타인 가문의 위력까지는 아니더라도 콜튼이 가지는 세계적인 입지 정도는 알 거라 생각했었다.

하지만 아니었다.

상대는 눈에 뵈는 게 없는 철부지여서 콜튼을 정말 죽일 수도 있었다.

'콜튼이 죽어?'

거기까지 생각이 미친 카산드라는 순간 등골이 오싹해졌다.

'이딴 식으로 매칭시켜 주면 안 되지! 어떻게 나와 저런 동양인 철부지를……'

카산드라는 시스템에 원성을 퍼부어 봐도 너무 늦었다는 걸 깨달았다. 이미 콜튼이 나선후에게 붙잡혀 버린 뒤였다.

카산드라는 황급히 콜튼의 비서에게 전화를 걸었다. 연락이 닿지 않을 거라는 생각과는 다르게 바로 목소리가 들려왔다.

〈 안녕하십니까. 〉

〈 정신 나갔어요? 왜 그리 태평하죠? 〉

〈 예? 〉

〈 콜튼 위원장은 어쩌고, 왜 그리 태평하냐고 묻고 있어요. 〉

〈 무슨 말씀이신지 모르겠습니다. 위원장님께선 이 나라의 경제 수석과 함께 대통령 관저로 향하고 계십니다. 〉

〈 방금 전, 위원장의 신변에 큰 문제가 생겼다는 연락을 받았습니다. 〉

〈 그럴 리가 없습니다. 확인해 본 뒤에 다시 연락드리겠습니다. 〉

잠시 후.

〈 어디서 연락을 받으셨는지요? 〉

〈 대답이나 하세요. 〉

〈 위원장님의 신변에는 이상 없습니다. 일 차로 이 나라 관리에게 확인했고, 이 차로 위원장님께도 직접 확인한 일입니다. 〉

〈 이동은 어떻게 되고 있죠? 〉

〈 위원장님과 이 나라의 관리는 선발 차량으로 이동 중이시며, 저희들도 이 나라 관리들과 함께 후발대로 이동 중

에 있습니다. 〉

〈 나는 위원장의 신변에 큰 위험이 생겼다고 확신합니다. 그 나라 관리들이 하는 말 믿지 말고, 위원장의 신변을 조속히 확보하세요. 어서! 〉

"거짓말이야!"

카산드라는 이불을 걷어차며 침대에서 나왔다.

당장 이 사실을 가문 사람들과 당국에 알리고, 한국에서 콜튼을 구해 낼 생각이었다.

한국 정부가 개입된 순간부터 국제 분쟁으로 치닫는 일이다.

세계 1차 대전은 세르비아의 한 청년이 사라예보에 방문한 오스트리아 황태자 부부를 암살하며 발발했다. 서울에서 비슷한 일이 벌어지려 하고 있었다.

그런데 당시와 다른 점은 한국 정부가 개입이 되었다는 점이다.

한국 정부가 그렇게까지나 미쳐 버릴 수 있을까?

악의 축이라 거론된 북한이라 할지라도, 당국이 직접 개입할 수는 없는 일이지 않은가?

아!

카산드라의 두 눈이 번뜩 떠졌다.

그녀가 퀘스트 창을 띄워 다시 확인했다.

[암살 (퀘스트)

모두에게 위협이 되는 존재가 급격한 성장 중에 있
습니다.

임무: 나선후를 죽여라.

제한 시간: 1년 (남은 시간: 359일)

등급: S]

모두에게 위협이 되는 존재라는 뜻은 바로 이런 일을 예
견했던 거였다.

EU 이사회의 상징이나 다름없는 콜튼이 한국의 수도에
서 암살당한다면, 그 이후의 파장은 진정 모두에게 위협이
되는 일이라 정의하기에 부족함이 없었다.

과연 동생의 죽음으로 전쟁이 촉발될지는 확신할 수 없
다. 하지만 세계 1차 대전이 그렇게 일어나리라고는 당시
의 누가 예상이나 했겠는가.

'그렇단 말이지.'

그녀의 머리가 빠르게 돌았다.

줄곧 굳어 있던 얼굴에 미소가 퍼지기 시작한 건 조금 뒤
였다.

카산드라의 눈에는 이라크 전쟁에서 일부 상실했던 가문의 힘을 되찾을 기회가 보였다.

급히 옷을 갈아입은 그녀가 호텔 방을 나섰다. 마침 빌더버그 회의가 열리고 있는 장소였고, 그녀의 힘이 되어 줄 회원들이 지척에 있었다.

막 호텔 복도로 나왔을 때였다.

핸드폰이 울렸다.

카산드라가 거기에 대고 뇌까렸다.

〈 꼬마야. 네가 무슨 짓을 저질러 버렸는지는 상상도 못할 거란다. 〉

〈 네 동생의 목숨에는 관심이 없나? 〉

〈 ……. 〉

〈 불쌍한 녀석. 냉정한 누이를 뒀군. 멜리사. 왜 내가 네 목을 거두러 직접 가지 않는지 궁금하지 않나? 왜냐면 그건 너무 쉽거든. 네 녀석만큼은 그렇게 평안하게 죽어선 안 되지. 〉

'아시아 철부지 따위가, 어딜 감히.'

뚝.

카산드라는 전화를 끊어 버렸다.

S급 퀘스트를 띄운 대상이라는 것까지만 인정해 줄 일이었지, 그 외의 부분은 말을 섞는 것조차 용납할 수 없는 일이었다.

*　　*　　*

콜튼은 치유의 인장이 가져온 초자연적인 현상에 매료되어 있었다.

D급 인장이었으니, 뼈 조금 바스라진 것과 얼굴 망가진 것쯤은 즉시 회복됐다.

"네 냉정한 누이는 엉뚱한 상상을 하고 있나 보군."

내가 말했다.

우리나라 정부 차량 안에서 폭력을 당한 것과 그 폭력을 없던 일로 만들어 버린 초자연적인 힘.

우열을 가릴 수 없는 황당함이었던지, 녀석은 눈을 깜빡이는 것도 잊고 있었다.

탁!

나는 녀석의 눈앞에 대고 손가락을 튕겼다. 그제야 녀석의 눈이 깜박거렸다.

"어쨌든 전일 그룹을 공격해 본들 아무런 효과도 보지 못할 거다. 이 나라는 손바닥 안에서 움직이고 있지."

녀석의 고개가 뒤의 유리창으로 돌려졌다.

녀석은 먼발치에서 경제 수석과 수행원들이 한강 둔치에 선 모습을 한참 동안 쳐다보았다.

녀석이 뼈가 바스라지고 따귀를 맞는 동안, 애타게 불렀던 우리나라 사람들이다.

녀석은 납득이 갔는지 혼란스러운 목소리로 물었다.

"그보다 조금 전 그 빛무리 말이오…… 당신, 대체 정체가 뭐요?"

"그런 것들은 네 누이에게 물어봐."

그때까지 녀석의 누이가 살아 있을지는 모를 일이지만.

"이쯤 하고 제안 하나 하지."

"말해 보시오."

"골드슈타인 가문을 네게 주지. 비록 망가진 채일 테지만, 다시 수습할 수 있을 정도에서 멈춰 주마."

"당신에게 기이한 능력이 있다는 것도, 이 나라 정부를 통제할 만한 힘이 있다는 것도 목격했소. 한데 우리 가문을 어찌해 본다는 생각은…… 지금에라도 멈추시오. 세상은 당신이 아는 게 전부가 아니오."

나는 녀석에게 핸드폰을 던지고, 내 핸드폰을 꺼냈다.

조슈아가 전화를 받았다.

〈 조슈아. 〉

〈 준비되었습니다. 〉

어제 레볼루치온 자체적으로 던전 공략을 마치는 데 성
공한 조슈아는, 퀘스트의 의미를 어떻게 받아들였든 팀원
전체에게 퀘스트 포기를 명령했다고 했다.

그것은 직접 가 보면 바로 확인할 수 있는 일이라 당장
급할 건 없었다.

〈 그럼 시작할 수 있겠군. 〉

누구와 통화하는 거요?

녀석이 그런 눈으로 나를 응시했다.

〈 골드슈타인 가문에 빌려준 자금들. 전부 거둬들여. 〉

〈 예. 마스터. 〉

통화는 짧게 끝났다. 그러나 녀석에게만큼은 여운이 길
었다.

녀석은 마침내 한 이름을 생각해 냈다.

"조슈아…… 조슈아 폰 카르얀이었소?"

그럴 리가 없다는 항변이 녀석의 온 얼굴에 가득했다.

"카르얀 가문이 왜 그런 일을 하겠소? 양 가문의 살을 깎아 먹는 거요."

공세가 카르얀 가문 하나뿐이라면 그렇게 되겠지만, 카르얀 가문은 선발대에 불과하다.

"6년 전, 이 나라에 IMF가 어떻게 왔는지 아나?"

"갑자기 무슨?"

"갑자기가 아니야. 지금부터 너희들은 그걸 절실히 깨닫게 될 테니까."

*　　　*　　　*

아침 식사 시간 직전이다.

카산드라는 오전 회의가 개최되기 전까지, 자신의 계획에 동참해 줄 회원들을 찾아 나서기로 했다.

오후 회의의 안건을 '한국 전쟁'으로 바꾸기 위해서였다.

유럽 각국과 미국 그리고 캐나다 대통령, EU 이사회 전원, 유럽과 북미의 주요 금융계 인사들, IMF 총재, 유럽 중앙은행 총재와 유로존 내 주요 은행장, 북미의 연방 준비 제도 인사들, 나토 사무총장, 나노 소프트의 주인 같은 유명 기업가 등.

빌더버그 클럽의 회원들은 그렇게 다양한 위치의 사람들로 이루어져 있지만, 주축이 되는 가문이 따로 존재한다.

카산드라가 제일 먼저 떠올린 건 로트실트였다. 영국 회원이면서도 북미 회원들과 밀접한 관계인 그들의 발언권은 강력하기 때문이다.

하지만 금방 머릿속에서 지웠다.

전통적으로 로트실트 가문은 그녀의 골드슈타인 가문과 대척해 온 경우가 많았다.

특히 근현대.

골드슈타인 가문이 스코틀랜드 쪽 가문과 함께 동인도 회사 투자 세력 중 하나였던 역사 속에선 앙숙이었고, 세포이 항쟁이 벌어진 이후로는 로트실트 가문에 적지 않은 힘을 빼앗긴 상태였다.

물론 오래된 이야기지만 작년만 해도 딱히 다르지 않았다.

그래서 카산드라가 노크한 방은 카르얀 가문의 방이었다.

이번 연도는 하필이면 전 가주가 대리 참석 중이었다.

아론 폰 카르얀.

카르얀 가문의 전 가주 또한, 그녀의 조부처럼 빌더버그 클럽을 만든 늙은 너구리 중 한 명이다.

"이른 아침부터 무슨 일이신가. 모닝커피나 같이 하자는 말은 말게."

"시간이 없으니 간략하게 말씀드릴게요. 그리고 지금부터 하는 말은 본 골드슈타인 가문의 프랑스 당주이자 가주인, 나 카산드라 화이트 골드슈타인의 공식적인 말로 받아주세요."

"내가 들어선 안 되는 이야기로군."

카산드라는 속으로 코웃음 쳤다.

작년도 카르얀 가문에서 일어난 숙청은 눈앞의 노인, 아론 폰 카르얀이 위계질서를 다시 세우기 위해 벌인 일이라는 것이 세간의 평이었다.

조슈아 폰 카르얀에게 왕좌를 물려준 것도, 본격적인 후계자 교육 과정이라는 것이다.

카산드라뿐만 아니라 대다수가 카르얀 가문의 실세는 여전히 아론 폰 카르얀이라 여기고 있었다.

"답변을 받아와 주실 순 있으실 것 같은데요?"

노인은 뭐라 말 하려다가 입술을 닫았다. 그가 마시던 찻잔을 조용히 내려놓았다.

그때였다. 노인의 경호원이 빠른 걸음으로 달려와 그에게 속삭였다.

노인은 즉시 핸드폰을 꺼냈다. 쉬지 않고 올라오는 메시지들이 있었다. 카산드라는 노인의 시선이 그녀에게 돌아오길 기다렸다.

그러나 노인은 핸드폰 메시지들을 훑으며 미묘한 미소를 짓고만 있었다.

카산드라의 고개가 거실 쪽으로 홱 돌아갔다. 쿵쿵거리는 노크 소리가 컸기 때문이었다. 문을 부술 것처럼 굴었다.

카산드라는 얼굴을 구겼다.

'누가 예의도 없이.'

그렇게 속으로 욕했던 상대는 다름 아닌 카산드라, 자신의 수행원이었다.

카산드라가 질책하려던 순간, 수행원의 사색이 된 표정이 시선 가득 차 들어왔다.

'콜튼이…… 죽었나 보네.'

카산드라는 마음 한구석이 저렸다.

그런데 수행원이 그녀에게 속삭인 말은 전혀 다른 문제였다.

"가문 그룹들의 전 사업에 대출 연장이 끊기고 있습니다. 일방적인 통보뿐이며 빠르게 확산되고 있는 중입니다."

'뭐?'

카산드라는 수행원을 잡아끌 듯이 복도로 데리고 나갔다.

"다시 말해 보세요."

그래도 달라진 것은 없었다.

너무 갑작스럽게 뒤통수를 맞았기 때문일까.

카산드라는 호텔 카펫의 무늬가 빙글빙글 도는 것처럼 보였다.

그녀는 하이힐 뒷굽으로 무늬 하나를 힘 있게 찔러 밟았다.

곧바로 그녀의 입에서 분통이 터져 나왔다.

"너희들은 대체 뭣들 하고 있는 거야!"

그녀는 당장 수행원의 따귀를 내려칠 기세였다. 부들부들 떨며 그녀가 향한 곳은, 직전에 빠져나온 카르얀 가문의 방이었다.

웃는 미소 따윈 날려 버렸다.

그런 것은 피아의 이해관계가 얽혀 있을 때나 필요한 것이지, 지금처럼 적으로 돌변했을 때에는 도리어 거추장스러운 가면일 뿐이다.

카산드라는 눈매가 표독하게 치켜 올라간 그대로 소리치며 방으로 들어갔다.

"아론! 아론!"

노인의 경호원들이 카산드라를 가로막았다. 뿐만 아니라 호텔 잡무원이 되고 만 CIA 요원과 모사드 요원들도 현장 확인차 몰려들고 있었다.

하물며 같은 층에 머물고 있는 다른 회원들이야, 진즉 복도로 나온 상태였다.

노인과 카산드라의 핸드폰만 바쁘게 울리고 있는 게 아니었다.

그들도 핸드폰 메시지나 통화로 직접, 골드슈타인 가문의 전 그룹에 시작된 공격을 전달받고 있는 중이었다.

소란은 카르얀 가문의 방에서 소리가 더 크게 나온 시점에서 증폭되었다.

"노망났어요?"

카산드라는 경호원들이 세운 인간 방벽 뒤에 대고 외쳤다.

그래도 노인은 미소만 띤 채 대꾸가 없었다.

그 순간 카산드라는 하지 말아야 할 실수를 저지르고 말았다.

"비켜!"

특전병 출신의 경호원 하나를 밀쳐 내자, 경호원은 너무나 쉽게 넘어지고 마는 것이었다.

카산드라가 아차 했지만 때는 늦었다. 카르얀 가문의 경호원에 더불어, 전 세계에서 온 정예 요원들이 그녀를 둘러쌌다.

"더 이상 행패를 부리신다면 구금할 수밖에 없습니다. 골드슈타인 그룹 분들께서는 뭐 하고 계십니까? 데리고 가십시오!"

말투만 정중할 뿐이지, 사방에서 그녀를 주시하는 눈빛들은 이미 범죄자 취급이었다.

카산드라로서는 처음 겪는 수치였다.

*   *   *

카산드라는 좀처럼 진정되지 않았다.

망신을 당한 것도 그렇지만, 갑작스러운 카르얀 가문의 배신으로 앞으로 일어날 일이 빤히 보였기 때문이었다.

같이 맞받아쳐 주는 것 외에는 선택지가 없었다. 그리고 그 결과는 양 가문의 파멸이었다.

그녀는 손톱을 물어뜯었다. 계산을 시작한 눈동자만이 바쁘게 굴러다녔다.

일반적인 금융 전쟁과는 달랐다. 서로 얽혀 있는 사업 영역이 광범위했다.

카르얀 가문과 골드슈타인 가문의 협약 또한 과거로부터 비롯된다.

나치즘 치하 당시, 로트실트 가문은 유럽 전역에서 영국 쪽으로 가문 사업을 최소 집중시켰다.

그러나 카르얀 가문과 골드슈타인 가문은 혈맹의 연을 맺고 어떻게든 유럽 대륙 안에서 버텨 지금의 삼각 구도를 완성시켰다.

영국은 로트실트, 독일은 카르얀, 프랑스는 골드슈타인.

그러니 두 가문이 혈전을 벌인다면 삼각 구도는 깨질 것이며, 가뜩이나 미국에 막대한 영향력을 끼치고 있는 로트실트 가문은 더욱 성세를 누릴 것이다.

돌이켜 보건대 로트실트 가문은 이라크 전쟁에서도 피해를 입지 않았다.

여전히 석유 카르텔 그룹의 한 자리를 차지하고 있었다.

언제나 그렇다.

어떤 일이 미궁에 빠졌을 때, 그 일로 득을 보는 게 누구인지 계산하면 대다수의 일들이 어렵지 않게 해결된다.

카르얀 가문과 본 골드슈타인 가문이 혈전을 벌이면 누가 이득을 보는가?

'나선후? 전일? 웃고 있네. 동방의 투기 세력 따위가 벌일 수 있는 일이 아니고말고.'

카산드라는 이에 힘을 줬다.

'로트실트! 이 개자식들이 배후에 있다! 아주 높은 확률로! 하필이면 왜 지금…….'

"아얏!"

카산드라는 문득 통증을 느끼며 손톱에서 입을 뗐다. 얼마나 물어뜯고 있었는지, 핏물이 살짝 배어 나오고 있었다.

사태는 파악했지만 해답을 구하긴 어려웠다.

로트실트가 배후고 카르얀 가문이 협조한다면, 그녀는 외톨이 신세였다.

거대한 음모가 본 골드슈타인 가문을 향해 움직이고 있었다.

카산드라는 콜튼이 그리워졌다. 잠시나마 동생이 죽어도 상관없다고 생각했던 바들이 후회됐다. 역시 혈육뿐이었다.

하지만 살았는지 죽었는지 모르겠고, 결국엔 자신 혼자서 헤쳐 나가야 할 일이었다.

카산드라는 머리를 쥐어짰다.

자신의 힘이 되어 줄 만한 사람. 로트실트와 카르얀 가문의 영향력에 크게 구애받지 않는 사람.

대부분의 회원들이 삼각 구도 안에서 교차하고 있었기에, 떠올릴 수 있는 사람은 단 한 사람밖에 없었다.

"질리언……."

그 즉시 카산드라는 화장대에 앉았다.

＊　　　＊　　　＊

카산드라의 난동으로 오전 회의는 오후로 미뤄졌다. 그로 인해 다른 회원들이 쉬고 있을 때.

카산드라는 복도로 나와 있었다.

치장을 마친 그녀는 아름다웠다.

이른 아침부터 미친년처럼 난동을 부렸던 사람이라고는 믿기지 않을 만큼, 그녀의 눈은 매혹적이었으며 입술은 야했다.

또각또각.

그녀의 하이힐 소리가 복도를 울렸다. 그녀를 불러 세우는 회원들의 목소리가 있었다. 그러나 그녀의 도도한 발걸음을 막을 순 없었다.

그녀의 목적지는 처음부터 정해져 있었다.

"들어오시오."

질리언이 직접 문을 열어 주었다.

"이야기 들었지요? 단도직입적으로 말할게요. 제 편이 되어 주세요."

"왜 나요?"

"우리가 모를 것 같아요? 당신네 자본은 우리들 질서에 편입되어 있는 자본이 아니잖아요. 누구는 아시아 계열이라고 하는데, 저는 아랍계라고 확신하고 있어요."

"……."

"설마 그런 것도 모르고 초대했을 것 같아요? 당신을 초대하던 연도부터 물밑 작업이 시작되고 있었죠. 자본 출처가 밝혀지는 즉시, 당신과 당신 그룹을 아웃시킬 의도였어요."

카산드라는 거기까지 말한 다음 질리언의 표정을 살폈다.

질리언은 조금도 동요하지 않고 있었다. 너무나 당연한 이야기라는 듯 고개를 주억거리는 게 전부였다.

"할 말 없어요?"

"할 수 있었다면 진즉 그렇게 했을 거요. 보시오. 조나단 투자 금융 그룹도 반은 아시아 자금이요. 그들이 아웃당했소? 천만에. 당신네들을 비웃기라도 하듯 그들만의 질서를 만들고 있는 중이오."

질리언은 한마디 덧붙였다.

"나도 당신네들이 두렵지 않소."

그러자 카산드라는 활짝 웃었다.

"그거예요. 그래서 제 편이 되어 달라는 거예요. 빌더버
그 클럽은 오랫동안 고여 있었어요. 세계 정부를 목표로 창
시되었으나 해가 갈수록 그 의미가 퇴색되고 있죠. 질리언,
당신이 클럽에 초대되긴 했어요. 하지만 여전히 외톨이고,
정작 조나단은 초대받지도 못했죠."

"……."

"클럽을 재편할 수 있는 기회, 즉 세계를 재편할 수 있는
기회예요, 질리언. 질리언과 그룹 주인들이 우리 가문을 도
와준다면 로트실트 가문과 카르얀 가문의 연합을 방어하기
에 충분해요."

"그래서 우리 그룹은 얼마를 버는 거요? 이래 봬도 나는
월급쟁이라오."

"본 골드슈타인 가문과 카르얀 가문의 싸움은 치킨런
(Chicken Run)이지만, 질리언은 로트실트 가문과 제로섬
(Zero-sum)의 싸움으로 끌어갈 수 있어요. 당신은 질리언
이에요. 불패의 승부자."

"설득이 참 형편없구려. 알아서 벌어 가라니."

질리언은 씁쓸하게 웃었다. 그러고는 바로 이어서 물었
다.

"로트실트 가문이 배후에 있다고 생각하는 거요?"

"그럼 어디일 수가 있죠?"

위잉.

위이잉—

질리언의 주머니에서 핸드폰 진동 소리가 나기 시작했
다.

질리언이 핸드폰을 꺼냈다. 전화가 아닌 몇 통의 메시지
였다.

그걸 확인하는 질리언의 표정이 변하기 시작했다. 의문
과 놀람이 교차하며 살짝 찌푸려진 미간. 그걸 보고 만 카
산드라는 불안함이 엄습했다.

카산드라의 심장이 뛰는 속도에 가속도가 붙었다.

쿵. 쿵.

그건 어떤 명령과도 같았다.

훅. 훅.

카산드라의 콧구멍에서 뜨거운 숨이 뿜어져 나왔다.

"또 뭘 꾸미는 거야!"

그녀가 질리언에게 달려들어, 그의 핸드폰을 빼앗은 건
바로 그때였다.

"무슨 짓이오!"

카산드라는 소리치는 질리언을 밀쳐 버린 후 핸드폰을
쳐다보았다.

[골드슈타인 휘하, 전 그룹의 주가를 흔들어 놓으십
시오.]

  황급히 일어난 질리언이 카산드라에게서 핸드폰을 빼앗
았다.
  그러나 때는 이미 카산드라가 핸드폰 안의 메시지를 보
고 난 뒤였다.
  카산드라의 화장을 뚫은, 뻘건 혈색이 도드라졌다. 그녀
는 온몸을 부들부들 떨었다.
  "로트실트 개자식들…… 나 혼자 죽을 것 같아?"
  그녀가 질리언에게 이를 갈더니 등을 돌렸다.
  복도에 나왔다.
  그녀 또한 핸드폰을 꺼내 어딘가로 전화를 걸었다.
  연결이 된 즉시, 그녀는 두 눈에 살의를 띠며 외쳤다.
  "로트실트부터 쳐!"
  클럽 회원들 모두가 들으라는 듯, 발악에 가까운 목소리
였다.

                    *   *   *

  "죄송합니다."

질리언의 경호원이 자책감에 물든 얼굴로 말했다. 그가 소란을 듣고 뛰어나왔을 때는 이미 상황이 종료되어 있었다.

"자네 잘못이 아니네."

질리언은 바깥에서 나는 카산드라의 큰 목소리를 들으며 고개를 저었다.

너무 갑자기 벌어진 일이었다.

명색이 골드슈타인 가문의 가주이자, 골드슈타인 그룹의 여 회장인 인사가 그렇게 폭력적으로 나올 줄은 조금도 예상치 못했다.

아침에 카르얀 가문의 호실에서 있었던 난동이 그냥 소문만은 아니었던 모양이다.

하지만 질리언은 카산드라에게 화가 나기는커녕, 순간 악귀같이 변했던 그녀의 표정 때문에라도 측은한 마음이 더 컸다.

카산드라는 그런 표정을 지을 여자가 아니었다. 고귀한 여왕처럼 항상 도도해야 하는 여자다.

그 정도까지나 몰려 버린 건, 오전 중에 일어난 대사건 때문이었다.

'정말 로트실트일까?'

질리언은 노트북이 부팅되는 짧은 시간 동안 그 물음에

매달렸다.

그룹의 진짜 주인들에 관해서 말이다.

지난 이 년간 빌더버그 클럽의 두 차례 회의뿐만 아니라, 런던의 더 시티 안에서도 그들과 종종 만남을 가져 왔었다.

로트실트 가문의 가주와는 그들의 살롱에서 좋은 만남이 여러 번 있었다.

하지만 어떤 내색이나 언질은 없었다.

그룹의 주인들은 에단이라는 창구만 열어 뒀지, 그들의 정체를 꽁꽁 감춰 두고 있는 것이다.

질리언은 그게 이상했다.

아시아나 중동의 자금이라는 가정하에, 그룹 초창기에는 정체를 숨겨야 했던 분명한 이유가 몇 가지 존재하긴 했었다.

그러나 이렇듯 1조 달러 이상을 운용하는 세계 최대의 자산 운용사가 완성된 후부터는, 본격적으로 세계 무대에 정체를 드러내도 큰 피해가 없을 일이었다.

조나단 투자 금융 그룹이 그렇듯 그의 그룹도 함부로 도모할 수는 없는 규모였다.

도리어 역공을 염려해야 한다.

어쨌든 그룹 주인들로부터 지시가 떨어졌다. 이번에는 투자 시안이 없는, 그러니까 일방적인 명령이었지만 질리언은 납득했다.

각종 분야의 천재들로 구성된 디렉팅 부서를 갖추고 본인을 절대적으로 후원하며, 오일 머니까지 끌어오게 한 데에는……

이런 날을 위해서였을 것이다. 장막 뒤에서 금력(金力)을 휘두르는 날.

질리언은 그룹 주인들을 생각하면 생각할수록 두려움에 사무쳤다.

'철두철미한 습성만큼이나 음흉한 자들…… 치가 떨리는군.'

타닥타닥.

키보드를 치는 소리가 멈추지 않았다. 그룹의 프런트 오피스(Front Office)에 에단의 메시지를 곧이곧대로 보낼 수는 없는 일.

적당한 명분을 만드는 게 그의 업무였다.

〈 메일 하나 보냈네. 〉

〈 확인했습니다. 현재 CAC40(프랑스의 대표적인 주가 지수)와 DAX(독일의 대표적인 주가 지수)가 동반 폭락하고 있는 상황입니다. 〉

〈 그럴 수밖에. 독일의 명문 은행들이 골드슈타인 그룹

에게서 등을 돌렸어. 추세가 쉽사리 꺾이진 않을 거라 보
네. 북미에 들어간 자금 외, 움직일 수 있는 자금을 전부 동
원하게. 숏 포지션이든 자전거래든, 우리가 원하는 선 안에
서 움직이게 만들어야 할 거야. 〉

〈 FT—SE100(영국의 대표적인 주가 지수)의 움직임도 심
상치 않습니다. 〉

〈 아니. 프랑스에 집중하게. 자세한 건 보낸 시안을 확인
하고. 〉

그때 또 바깥에서 소란이 일었다.

"무슨 일인가 알아보게."

경호원이 돌아왔다.

"카산드라가 AP 머건의 은행장에게 소리를 지르고 있습
니다."

질리언은 혀를 찼다.

'대(大)골드슈타인 가문이 이리 허망하게 몰락하다니.'

그런데 생각해 보니 에단 아니, 그룹 주인들에게 찍혀서
살아남은 자들은 없었다.

*   *   *

아시아 외환위기가 촉발되던 시점, 동방에서 웬 이메일을 받았을 당시만 해도.

지금 벌어지고 있는 일들은 공상보다 더한 일들이었다.

하지만.

"크…… 크하하."

조나단은 빌더버그 클럽의 내분이 그렇게 즐거울 수가 없었다.

한편으론 이 모든 걸 막후에서 조종하고 있는 선후에 대해서 다시 생각하기도 했다.

아는 사람들 사이에선 빌더버그 클럽이 세계 정부의 막후라고 하지만, 그보다 더 음지에서 활동하는 선후야말로 진정한 지배자였다.

그런데 도통 이해할 수 없는 노릇은 카르얀 가문의 충성이었다.

선후야 걱정할 일이 아니라고 누누이 말해 왔으나, 조나단 본인은 그들의 속내를 항상 의심해 왔었다.

'썬, 무슨 마법을 부리고 다니는 거냐.'

조나단이 기사를 넘기며 큭큭대고 있을 때.

손님이 찾아왔다.

북미에서 활동하는 골드슈타인 가문의 사람들 중 한 명이었다.

"예정에 없던 미팅을 잡아 주신 점, 다시 한번 감사드립니다. 조나단."

사내가 명함을 내밀었다.

어김없이 골드슈타인의 패밀리 네임이 붙어 있는 사내였다.

조나단이 말했다.

"왜 방문하셨는지 알고 있습니다. 얼마를 빌리고 싶은 겁니까?"

"1차로 100억 달러를 지원해 주신다면, 어떤 독소 조항들이라도 감수하겠습니다."

조나단은 러시아발 금융 전쟁이 끝난 날을 떠올렸다. 그때도 경쟁자들이 돈을 구걸하며 하루가 멀다고 찾아왔었다.

"한데 이상하군요. 골드슈타인 가문은 실버만 그룹, AP 머건 그룹과 협력 관계 아니었습니까? 그들이 거부한 데에는 그만한 사유가 있었을 겁니다."

"조나단. 지금 벌어지고 있는 상황들은…… 자본주의의 질서대로 움직이고 있는 일들이 아닙니다. 저는 역행(逆行)이라고 정의하고 싶습니다."

"하하. 피차 다 아는 처지에 말 꾸밀 것 없습니다. 내게도 귀가 있고 눈이 있습니다. 빌더버그 클럽에서 벌어지는 일을 모를 것 같습니까?"

그러자 사내는 뭐라 입을 열려다가 다물었다.

"100억 달러를 너무 쉽게 말하시는군요. 6년 전, 나는 그걸 벌기 위해서 내 모든 걸 걸어야만 했습니다. 실패했다면 이미 땅속에 묻혀 있었을 겁니다."

"죄송합니다."

"빌더버그 클럽의 내분에는 관심 없습니다. AP 머건과 실버만도 그렇지 않던가요?"

"그렇습니다. 우리 가문이 위태로운 처지에 놓인 건 맞습니다. 하지만 조나단, 우리 골드슈타인들을 잘 아실 겁니다."

"역사 공부를 하기에는 시간이 많지 않습니다. 이렇게 합시다. 10억 달러를 지원할 용의가 있습니다. 이 지분들을 양도하는 것으로."

조나단은 준비해 뒀던 목록을 내밀었다. 사내가 펄쩍 뛰었다.

골드슈타인의 핵심 사업들을 단돈 10억 달러에 갈취하려 들고 있다!

"추세는 이미 무너졌습니다. 몇 개라도 보존해야, 가문의 이름을 후대에도 남길 수 있지 않겠습니까? 우리 그룹 외에는 이런 제안을 받아 볼 수 없을 겁니다."

"……제가 결정할 일이 아니군요."

사내는 핸드폰을 내밀어 보였다. 조나단이 고개를 끄덕여 보이자, 사내가 카산드라와 연결된 핸드폰을 조나단에게 건넸다.

〈 오래전부터 뵙고 싶었어요. 〉

어쩐지 숨소리가 고르지 못한 목소리였다.

〈 사정이 안 좋다 들었습니다. 〉
〈 일시적인 거죠. 〉
〈 그렇다면 다 정리된 후, 다시 이야기를 나눠도 되겠군요? 〉
〈 딱딱하게 굴 것 없어요. 원하는 것만 말씀해 보세요. 조나단이 협조해 주면 정말로 '일시적'인 일이 될 테니까요. 굴러다니는 돈들이 보이실 텐데요. 〉

조나단은 사내에게 내밀었던 목록을 똑같이 읽어 줬다.
그러자 훅훅거리는 숨소리만 들려왔다.

〈 ……100억 달러는 언제 지원해 주실 수 있죠? 〉

〈 그걸 말씀 못 드렸군요. 100억 달러가 아니라 10억 달러입니다. 〉

곧바로였다.

〈 너희들 아주 작당했지! 작년부터였을 거야. 그렇지? 그렇지이이! 〉

핸드폰 바깥으로 소리가 다 뛰쳐나올 만큼, 뾰족한 외침이었다. 정작 놀란 건 조나단보다 골드슈타인의 사내였다. 그는 설마하니 가주가 조나단에게 소리를 지를 것이라고는, 조금도 예상치 못했다.

카산드라 화이트 골드슈타인, 현(現) 골드슈타인의 여가주는 절대 그런 인사가 아니었다.

〈 세상이 무너지고 있어도, 그럴수록 정신 똑바로 차려야지. 〉

조나단이 능청스럽게 대꾸했다. 그러고는 한 마디 더 덧붙였다.

〈 구걸하러 왔으면 그답게 굴어. 〉

조나단은 그 말을 끝으로 핸드폰을 닫아 버렸다. 핸드폰
이 다시 울려 댔지만 받지 않았다.

"결렬입니다. 그만 돌아가세요."

골드슈타인의 사내에게 핸드폰을 돌려주며 축객령을 내
렸다. 그가 나간 뒤 조나단은 참을 수 없는 웃음을 터트렸
다.

지금껏 선후가 내린 지시 중에서 가장 마음에 드는 지시
였다.

예의 갖출 것도 없이 도발하라니.

                    *   *   *

이건 세력들의 전쟁이다.

  [영. 독. 프. 주가 지수 일제히 동반 폭락(暴落)

  독일 중앙은행에 의한 골드슈타인 그룹의 대출금
  상환 유예가 전격 무산됨에 따라, 유럽 각국의 증시
  하락폭이 확대되고 있다.

영국은 4.1%, 독일은 5.2%, 프랑스는 7.9%로 하락하며, 영국과 프랑스로는 IT 버블 이후, 독일은 마르크화 파동 이후로 사상 최대 낙폭을 기록 중이다.

세계 기관 투자자들과 개인 투자자들 사이에서는 그간 상승세를 유지한 업종들을 중심으로 차익 실현을 위한 매도를 서두르는 한편, 낙폭이 큰 골드슈타인 그룹과 로트실트 그룹 그리고 카르얀 그룹의 은행주 및 각종 종목들에서 매도세가 이어지고 있다.]

뜬금없는 건 로트실트 그룹의 은행들까지도 저 싸움에 휘말렸다는 것이다.

텔레스타 인베스트먼트와 골드 앤 실버 인베스트먼트로 하여금 로트실트 가문이 취할 이득을 방어하게끔 하려 했는데, 알아서 해소되고 있는 상황이다.

조나단 그룹으로 최후의 일격을 먹이려던 계획도 일단은 보류다.

콜튼도 같은 기사를 보고 있었다. 그는 아까부터 계속 몸을 떨고 있기도 했다.

그의 두 눈에 맺힌 가문의 파멸이 선명했다. 하지만 내게 시선을 가져왔을 때에는, 그나마 작은 희망을 피어 올리고 있었다.

"막힌 자금줄을 뚫으면 될 일이오."

그럼 언제 그랬냐는 듯 제 가문은 회생할 거라는 이야기였다.

녀석의 말대로 카산드라는 카르얀 가문을 대체할 세력들을 찾아다니고 있을 것이다.

로트실트와 카르얀 가문과 한판 붙고 있는 실정이니 영국과 유럽에서는 찾을 수 없다. 하면 북미의 은행들뿐이다.

하지만 그런 게 가능할까?

빌더버그 클럽도 결국엔 각각의 이익을 위한 이익 집단일 뿐이다. 저 싸움에 휘말리지 않으려 할 것이며, 빌더버그 클럽의 구성원이 되지 못한 세계의 중소 은행들은 정확한 사정을 파악하지 못한 채 클럽의 구성원들이 던져 주는 이야기에만 귀를 기울일 수밖에 없다.

예컨대 이런.

> [골드슈타인 그룹의 신용 등급을, 독일 신용 평가사 Aeri는 AAA에서 A로 강등, 영국 신용 평가사 City—R는 AAA에서 BBB로 강등하였습니다.]

그에 반박하는 역공이 골드슈타인 가문에게서 펼쳐지고 있으나 상대적으로 빈약할 수밖에 없었다.

카르얀 가문과 로트실트 가문의 은행들뿐만 아니라, 골드슈타인 가문에 얽혀 있던 모든 은행들이 돈을 회수하려 들 것이다.

　IMF 당시, 우리나라 기업들이 받았던 공격 그대로 말이다.

　"네 누이는 둘 중 하나겠지. 피가 말라 가고 있거나. 미쳐 날뛰고 있거나."

　마저 말했다.

　"아마도 미쳐 날뛰고 있을 것 같지 않나?"

　하지만 녀석은 조용했다. 생각이 깊어서였다.

　"아까의 제안, 아직도 같소?"

　"살점은 발라내고 뼈대만 남을 것이다. 그래도 갖고 싶다면."

　"이제 진짜 이야기를 해 봅시다. 내 충성을 어떻게 증명해야 하오? 지금은 살아남아도, 당신의 견제를 감당할 자신이…… 없소."

Chapter 5.

　보통의 경제 위기는 전조 신호가 있기 마련이다.

　금리가 너무 높든지 너무 낮든지, 기업들의 부채가 늘어
가고 있다든지.

　한 분야에 버블이 형성되고 있다든지, 경상 수지가 악화
되고 있다든지. 통화량을 조절할 수 없는 국면에 접어들었
다든지 하는…….

　그러나 유럽의 경제 위기는 그런 것 없이 갑자기 일어났
다.

　경제 수석 홍주환은 머리가 지끈거렸다.

　이 나라는 IMF를 극복하고 침체기를 벗어나 비로소 플

러스 성장으로 전환되었다.

분위기 좋은 지금 뜬금없이 유럽발 경제 위기라니.

"현재의 외환 보유 구조를 수정할 필요는 없다고 생각합니다."

"골드슈타인 그룹에서 신속한 대응 조치를 내놓는다면 문제는 충분히 해결될 수 있을 것 같습니다."

"유럽발 경제 위기로 부인할 수 없는 바는, 금융 시장이 예민해진다는 데에 있습니다. 반대급부로 원유 선물 시장이 비상하고 있으며 유가 상승은 필연적입니다."

경제 수석 홍주환의 주도하에 열린 긴급 대책 회의 중이었다.

"정 교수님."

"예."

"다른 걸 다 떠나, 우리나라에 미칠 영향만 따져 봅시다. 정 교수님 생각은 어떻습니까?"

"당분간 영향을 받지 않고 안정세를 이룰 것으로 보입니다. 오랜 시간 지속된다면 전 세계로 확산될 위기인 것은 분명합니다만, 현재로선 시장의 흐름이 유로존에만 국한되어 있습니다."

"정 교수님도, 유럽발 경제 위기를 경제적 문제라기보다는 정치적인 문제라고 보시는군요. 저도 마찬가지이긴 합니다만⋯⋯."

홍주환이 마저 말했다.

"안심하지 말고 계속 주시합시다. 여러 교수님들과 관계자 여러분들께서는 당분간 고생들 좀 해 주셔야겠습니다."

길었던 회의가 일단락됐다.

베네수엘라 파동과 이라크 전쟁 이후로 유가가 급상승하고 있었는데, 거기에 유럽발 경제 위기가 보태졌다.

원유를 오로지 수입으로만 의존해야 하는 처지에서 비상이 걸린 것만은 분명하나, 유럽에서 일어나고 있는 대규모의 위기 현상에 비한다면 그럭저럭 감수할 수 있는 일이었다.

"후—"

홍주환은 안도의 한숨을 내쉬었다.

경제 부처 누구나 그렇듯, 홍주환도 급한 업무들을 처리하기 시작했다.

유럽발 경제 위기가 터지고 만 원인.

독일 중앙은행에서 각 은행들에 골드슈타인 그룹의 대출금을 유예하지 말라는 지시를 내렸던 것이 시작이었다.

이에 올라오는 보고서들이 끊임없었다.

눈이 따끔거렸다.

홍주환은 눈에 인공 눈물을 넣은 뒤 눈을 감았다.

'골드슈타인 그룹을 터트리면 유로존 전체가 흔들린다는 것을 모를 리가 없었을 텐데. 독일 당국은 대체 무슨 생각으로⋯⋯'

홍주환은 독일 경제부 장관, 위고르 폰 카르얀과 연결을 해 보려다가 그만두었다.

멀리서 찾을 필요가 없었다. 직급과 파급력 그리고 이해관계 면에서도 이번 일과 가장 가까이 있는 사람이 한국에 들어와 있었다.

그가 문 바깥에 대고 외쳤다.

"콜튼 위원장님 일정 좀 확인해 보세요. 출국 일정을 위주로."

가는 날이 장날이라고, 콜튼 위원장이 입국한 날에 사건이 터졌다.

긴급히 돌아갈 채비를 하고 있을 것 같았다. 그 전에 한두 시간만이라도 미팅을 가져야 한다. 청와대가 아닌 공항 안에서라도.

"출국 계획이 없으시답니다."

"⋯⋯그래요?"

홍주환은 도무지 납득이 가지 않았다. 콜튼 위원장은 EU 이사회의 위원장인 걸 떠나 골드슈타인 가문의 사람이었다.

유럽발 경제 위기에서 가장 피해를 보고 있는 게 골드슈타인 가문 아니던가?

"지금 미팅 잡을 수 있겠습니까?"

"이미 위원장님의 비서진들에게 그 부분을 문의해 봤습니다만 지금은 어렵다고 하십니다."

"하면 어디에 계신답니까?"

"전일 그룹 본사에 계십니다."

"왜요?"

"예?"

"……알겠습니다. 마저 일들 보세요."

뭐지?

홍주환은 뒷머리를 사정없이 긁적였다.

콜튼 위원장이 입국했던 까닭은 전일 그룹을 공격하기 위해서였다.

골드슈타인 가문은 며칠 전부터 VIP와 경제 부처에 전일 그룹을 공격하라는 압력을 넣어 왔다.

그랬던 골드슈타인의 콜튼 위원장이 이제는 가문이 전화(戰禍)를 입고 있는 것도 방치한 채, 그들의 적으로 규정했던 그룹과 만나고 있는 것이다.

'무슨 일이 일어나고 있는 거냐.'

순간.

홍주환은 한강 둔치에서 잠깐 마주쳤던, 전일 그룹의 젊은 직원이 생각났다.

생각해 보면 이 모든 일은 그 젊은 직원과 콜튼 위원장의 독대 이후 시작되고 있었다. 타이밍이 너무 절묘하다.

그러나 아무리 생각한들 결론을 내기엔 한계가 있었다.

거대 자본 세력들이 비밀리에 움직이고 있는 것을 무슨 수로 밝혀낼 수 있을까?

그렇지 않아도 전일 그룹은 전 정권 대에서, 이 나라 정부의 감시망을 완전히 벗어났다.

전일 그룹은 그렇다.

전 정권이 남긴 엄청난 폐단이자 이 나라를 집어삼킨 악종(惡種).

전 정권이 같은 민주 정권이라지만, 그들의 패착은 이 나라의 미래를 망쳐 버렸다. 그건 부정할 수 없는 사실이다.

홍주환의 주먹이 부르르 떨렸다. 마음 한편에서는 골드 슈타인으로 하여금 전일 그룹이란 악종이 제거되길 바라기도 했다.

서울 시내에 북한의 핵미사일이 떨어지는 것과 같은 파장이 있을지라도, 전일 그룹은 제거되어져야 하는 외국계 자본이다.

거기까지 생각이 미친 홍주환은 피식 웃고야 말았다.

'그럼 홍주환, 너도 나도 이 나라 전부가 돼지는 거야. 경제 대국은 개뿔.'

홍주환의 시선이 태극기 액자로 향했다.

저 액자에 들어 있어야 할 건 태극기가 아니라 전일 그룹의 그룹 로고일지도 모른다.

젠장.

*   *   *

역사에 없던 큰 사건 하나가 일어났으나, 계산은 끝나 있었다.

유럽 각국의 주가 지수 하락은 골드슈타인, 카르얀, 로트실트 그룹 위주의 종목들이 주도하고 있는 중이다.

물론 세 그룹과 질리언의 자본까지 보태진 전쟁이 시장의 흐름을 엉뚱한 방향으로 끌어갈 가능성이 없는 것은 아니다.

가장 가능성 높은 경우는 프랑스의 경제 위기가 심화되는 것이다.

골드슈타인에서 튀긴 불똥이 다른 프랑스 기업들에게 확산되는 것으로, 프랑스 전체 산업이 침체기에 들어가는 일 말이다.

지금이야 유럽발 경제 위기다 뭐다 떠들어 대지만 그런 일이 일어난다면 그때야말로 진짜 유럽의 경제 위기가 시작되겠지.

하지만 내 장기적인 계획에 도움이 되면 됐지 피해가 될 일은 없다.

내 장기 시안은 크게 두 가지 종목에 집중되어 있기 때문이다.

원유 시장과 북미의 모기지론을 비롯한 부동산 시장.

유럽발 경제 위기가 확산되면 유럽에 들어가 있던 투자 자본들은 북미로 전향할 것이며, 북미의 부동산 거품에 한 몫 보탤 것이다.

미 당국에서 유럽발 경제 위기를 심각하게 여긴다면 금리를 또 내리며 부동산 거품은 한 번 더 부풀려질 것이다.

즉.

유럽발 경제 위기는 장기 시안에 큰 영향을 주지 못하는 것이다. 그것이 결론이다.

과거 08년도의 서브 프라임 사태까지만 확정된다면, 나머지 문제에서는 과거의 역사에 집착할 필요가 없어졌다.

우리 그룹이 세계를 주도할 수 있다.

바로 이번처럼.

"법적 효력이 없는 각서라고 넘겨짚지 말았으면 하는군. 내가 직접 집행할 테니까."

콜튼과 제이미는 이행 각서를 확인하는 중이다. 이미 결단을 내린 콜튼은 담담한 반응이나, 제이미는 콧구멍을 벌렁거리고 있었다.

사실 제이미는 겁에 질린 모습에 가까웠다.

이행 각서는 콜튼이 골드슈타인의 가주가 되었을 때를 가정으로 작성됐다.

그때 골드슈타인의 핵심 사업 지분들을 전일 그룹의 프랑스 법인에 양도하는 것이다. 유망주 성격을 띠는 사업들은 거두지 않았다.

뼈대라도 남겨 줘야 골드슈타인은 빌더버그 클럽에서 추방되지 않는다.

물론 주축 가문에선 물러날 수밖에 없다. 그러나 빌더버그 클럽에 잔존할 수 있다는 게 어떤 의미인지, 콜튼이 모를 리가 없었다.

그가 서명으로 대답을 대신했다.

쓱쓱.

콜튼이 펜을 내려놓자, 제이미가 놀란 눈으로 콜튼을 쳐다보았다. 그러고는 각서 속 서명과 콜튼의 얼굴을 여러 번 확인한다.

제이미가 뒤늦게 펜을 들었다.

나는 둘의 서명이 끝난 이행 각서들을 갈무리했다.

"네가 가주가 되기 위해서라도 카산드라는 반드시 제거되어져야만 하지. 인정하나?"

"부탁이 있습니다. 붙잡아 주신다면 카산드라의 마지막은…… 제가 하겠습니다."

우리 둘의 대화에 제이미의 몸이 흠칫 떨렸다.

"고통 없이 보내 주고 싶다는 건가? 네 누이는 네가 고문을 받든 암살당하든 관심 하나 없던데. 그나마 너는 누이를 생각하는 정이 깊군."

"부탁드립니다. 마스터."

콜튼의 괴로운 목소리에 제이미는 또 움찔했다.

다른 누구도 아닌, 콜튼 스펜서 골드슈타인.

EU 이사회의 위원장이기도 한 그가 가문을 팔아넘긴 것을 넘어, 나를 마스터라고 부르고 있기 때문이었다.

"네 누이는 내 부모님을 건드리려 하고 죄 없는 민간인들을 죽여 댔어. 그것도 별 의미 없는 일로."

"만일 법정에 세우시겠다면 제가 증인이 되겠습니다."

"막 나가는 계집 하나 때문에, 골드슈타인의 유구한 이름에 먹칠을 할 순 없지. 과거만큼은 아니더라도 너희 가문의 명성은 유지되어야 한다. 내 휘하에선."

"마스터…… 제 누이입니다."

"분명히 말해 두지. 너는 내 방식을 더 마음에 들어 할 거야."

제이미 입장에서는 살인 모의 현장이다.

나선후들의 죽음을 다뤄 왔었던 그녀라도, 제 앞에서 벌어진 우리들의 대화는 경악의 연속이었다.

제이미는 힘에 부쳤는지 고개를 떨어트렸다.

"그건 두고 보면 알 테고. 이야기는 다 끝났다. 호텔에 들어가든, 서울 관광을 하든. 하고 싶은 대로 하고 있어. 날 붙잡고 있어 봤자 일은 이미 굴러가고 있다."

"다시 뵙겠습니다. 그럼."

콜튼이 나갔다.

적막 속.

제이미가 내쉬는 숨소리만이 훅훅거렸다. 내가 그녀의 이름을 부르자, 제이미의 고개가 반사적으로 들려졌다.

제이미의 얼굴은 달처럼 공허하고 황량했다. 하지만 그것도 잠깐이었다.

그녀의 얼굴에 공포가 또다시 번져 나갔다.

"떨지 마라."

"당신은…… 대체 누구죠? 어떻게 이런 일이 있을 수 있는 거예요. 저는…… 저는…… 당신이 무서워요."

"여기서 멈추고 싶나?"

제이미는 침을 삼켜 넘겼다. 금력과 권력을 모조리 손아귀에 쥐어 본 그녀로서는 절대 여기서 멈출 수 없을 것이다.

그녀가 아니라 그 누구라도.

"골드슈타인 가문의 사업들을 흡수하고 나면 세간의 관심이 우리 그룹에 쏠릴 거다. 정부에서 압수해 간 과거 기록들부터 찾아와."

"그렇게 할게요. 에단…… 선후 씨…… 저도 마스터라고 불러야 하나요?"

"에단."

계속 말했다.

"날 마스터라고 부르기엔 너는 아직 기준에 못 미치지. 하지만 빌더버그 클럽에 들어간 이후부턴, 그래야 한다."

"빌더버그 클럽이요?"

"당연하지 않나. 먼저 전일 휘하의 유럽 법인을 만들어 두도록 해. 법인명은 네 이름을 따와서 만들어도 나쁘지 않겠군."

제이미의 눈이 큼지막하게 커졌다.

"제이미 코퍼레이션."

"에, 에단?"

"지난 6년간으로, 준비가 되었으면 좋겠군."

곧 골드슈타인의 위대한 이름들은 제이미의 이름 속으로 종속된다.

나의 충실한 고무도장으로써.

*   *   *

카산드라는 단 하루 만에 폭삭 늙어 버렸다.

클럽 회원들 모두가 그녀를 피하고 있었다.

심지어 그녀의 경호원들도, 그녀의 히스테리를 견디다 못해 확실한 명령 없이는 일정 거리를 유지하고 있는 중이다.

카산드라를 궁지에 몰고 있는 건 빌더버그 클럽 회원뿐만이 아니었다.

각 지역의 당주들이 보내오는 메시지들에는 원성이 가득했다.

'왜 우리 가문이 공격을 받고 있는 겁니까.'

'상황이 심각합니다.'

'카산드라! 카산드라!'

가문의 전 사업에서 불길이 치솟는다.

주식 시장에 상장되지 않은 사업들까지도, 하이에나들이 몰려들고 있다는 보고들이 끊임없었다.

상대가 카르얀 가문 하나뿐이라면 공멸(共滅)이라도 하지.

로트실트 그룹이 반격하고 있는 데다가, 질리언 그룹의 대규모 자금까지 보태져 가문 전체의 사업이 죄다 흔들리고 있었다.

그게 끝이 아니다.

금융 시장을 떠도는 헤지 펀드들도 질리언의 행로를 똑같이 밟고 있다.

그것이 질리언 그룹이 지닌 두 번째 힘이다. 질리언이 움직이면 그의 피리 소리에 따라, 상관없는 자금들까지도 몰려든다.

카산드라는 잠을 자지 않았다.

잠을 자면 하이에나들에게 물어뜯기는 악몽을 꿀 게 자명한 사실.

그래서 그녀는 혈안이 된 눈으로 노트북의 가문 자료들 사이를 헤매고 있었다.

해법. 탈출구를 찾기 위해서!

하지만 없다.

금융 쪽으로는 완전히 틀어막혔다.

이대로 상황이 지속되면 제일 먼저 무너지는 건 골드슈타인이었다.

카산드라는 갑자기 깔깔 웃다가 로트실트 가문을 찾아갔다.

"우리가 졌어요. 카르얀 가문과 질리언 그룹은 언제 포섭한 거죠? 항복할 테니 그만두죠. 우리 가문들 싸움에 유럽 경제 전체가 무너지는 일은 없어야 하지 않겠어요?"

"카산드라."

"말해 보세요. 어떤 전리품이든 기꺼이 내어 드려야죠."

"오인하고 먼저 공격한 건, 카산드라 당신이오."

"그렇다고 해 두죠."

사내는 웃었다.

"하긴. 이제 와서 그런 건 아무래도 좋을 일이지. 요는 골드슈타인의 시대가 저물었다는 거요."

"로트실트로서도 얻는 것보다 잃는 게 더 큰 싸움이에요."

"실망이구려. 지금껏 그렇게 단순한 논리로 살아가고 있었소? 아니면 궁지에 몰리다 못해, 사고가 빈약해진 것인지."

"조롱은 얼마든지 감수하죠. 당신은 그럴 수 있어요. 마땅히 누려야 할 것들을 누리세요."

"공세를 중단할 생각은 없소."

카산드라는 입술을 깨물고 싶었다. 사내의 면상에 주먹을 작렬시키고도 싶었다. 그러나 어떤 것도 해선 안 됐다.

미소 어린 가면을 다시 쓰기로 한 이상, 그녀는 웃기로 했다.

비록 치욕적이라도.

"로트실트 가의 가신 가문으로 우리 골드슈타인만 한 곳이 있을까요? 그래요. 로트실트 가의 가신이 되겠다고 자청하는 거예요."

"고대해 왔던 제안이오만, 이런 카산드라의 모습을 보니 내 마음이 다 아프구려. 우리가 멈춘다 할지라도 카르얀 가문과 질리언 그룹은 멈추지 않을 거요. 확실히 하리다. 우리는 카르얀 가문이나 질리언 그룹과 관계가 없소."

"……"

"사실이오."

순간 사내의 만면에 쓸쓸한 감정이 스치고 지나갔다.

"대, 대체 왜?"

카산드라는 그것을 더 이해할 수 없었다.

"카르얀 가문과 질리언 그룹만이 알 일 아니겠소?"

"이렇게 넘어갈 당신들이 아니죠. 공세를 퍼붓든 말든,

지금까지의 연을 생각해서라도 사실을 들려주세요. 제대로 미쳐 버린 자의 발악이 조금이나마 신경 쓰이신다면……."

카산드라의 두 눈에서 광기가 출렁였다.

사내는 혀를 찼다. 그러고는 카산드라에게 노트북을 돌려 보였다.

독일의 마르크화 파동에 대한 자료가 떠 있었다.

"질리언 그룹이 카르얀 가문을 공격했던 당시, 그들은 승리를 앞두고 있었소. 그럼에도 갑자기 공격을 중단했던 데에는 모종의 협약이 있었을 거요."

"카르얀 가문을 공격했던 선발대는 조나단 그룹이었어요."

"그 말도 틀린 게 아니오. 허나 카르얀 가문으로선 질리언 그룹과 우리 시티의 자금들이 규합된 시점이, 절체절명의 위기였던 순간이었소."

쿵!

카산드라의 심장이 가슴 벽을 때렸다.

카산드라는 실제로 고통이 느껴지는 양, 얼굴을 와락 일그러트렸다.

"카르얀, 질리언, 조나단이…… 그때 작당해서 지금 나를!"

"구걸하러 왔으면 그답게 굴어야지."

조나단이 비아냥거렸던 소리가 뇌리를 스치고 지나갔다.

뜻밖의 이름이 사내의 입에서 흘러나왔다.

"한국인 나선후가 배후에 있을 거요. 조나단이 그 한국인의 고무도장이라는 게 사실이라면."

"나…… 선…… 후?"

"이런, 카산드라. 여태껏 몰랐소? 조나단 그룹의 실제 주인 말이오."

피가 거꾸로 치솟았다.

카산드라는 순간 혈압이 끓어오르며 눈앞이 흐릿해졌다.

그녀가 휘청거리다 자리에 주저앉자, 로트실트의 사내가 카산드라 앞에 한쪽 무릎을 꿇고 앉았다. 그러고는 혀를 차며 말했다.

"다시 말하지만 지나간 일이 뭐 중요하겠소. 오늘을 살아가야지. 자 그럼. 카산드라, 그대가 벌인 전쟁. 지속합시……."

갑자기였다.

퍼억!

카산드라가 눈을 부릅뜨며 사내의 면상에 주먹을 꽂았다.

그런 다음 카산드라가 제일 먼저 한 일은 로트실트의 경호원들이 머무는 방 쪽으로 달려가는 일이었다. 그들도 달려 나오고 있었다.

빌더버그 클럽 회의에 참석할 때는 최대 두 명까지의 경호원만 대동할 수 있다는 룰이 있었다.

경호원 둘로는 카산드라를 막기에 역부족이었다.

비록 엉성하지만 예기치 못한 공격에다, 큰 힘이 실린 공격이었기에 경호원 둘은 정신을 잃었다.

카산드라는 코피를 쏟고 있는 로트실트의 사내 앞에 섰다.

그녀의 손에는 어느새 버터나이프가 들려져 있었다.

나이프 끝은 뭉텅하나, 그녀가 힘을 실어 내리찍어 버리자.

로트실트 사내의 손등을 그대로 관통했다.

카산드라가 성인 남성들보다 더한 힘으로 사내의 입을 틀어막았다.

사내는 온 힘을 다해 저항했지만, 카산드라는 조금씩만 들썩일 뿐이지 사내의 입가를 짓누르는 힘은 오히려 더 커지는 것이었다.

"읍! 읍!"

"닥치고 들어."

그녀의 두 눈에서 번질거리는 살기만큼, 섬뜩한 목소리였다.

"지금 너 하나 죽여 버리는 거 일도 아니야. 사람은 누구나 한 번씩은 미치잖아. 지금 내가 그래."

그러면서 카산드라는 남은 한 손으로 자신의 옷가지를 찢어 댔다.

브래지어도 금방 뜯겨졌고, 원피스 속의 팬티도 끌어 내리는 것이었다.

카산드라는 그렇게 드러난 가슴을 사내가 쏟아 내고 있는 핏물에 문지른 다음, 사내에게 히죽거렸다.

"넌 날 겁탈하려 했던 거야. 몰락하고 있는 여 가주의 무너진 마음을 노리고."

"읍! 읍!"

"그러니까 시키는 대로만 하면 너도 살고 나도 살 수…… 야. 정신 안 차려?"

카산드라의 웃음이 멎은 건 로트실트 사내가 갑자기 정신을 잃었기 때문이었다.

짜악!

카산드라가 사내의 따귀를 때려 봐도, 사내의 감긴 눈은 그대로였다.

카산드라는 문득 인기척을 느끼며 뒤로 고개를 돌렸다.

두 사람이 서 있었다.

조슈아 폰 카르얀과 그의 경호원 신분으로 들어온 미하엘.

*　　　*　　　*

"하! 이 정도까지였어?"

조슈아가 코웃음 쳤다.

카산드라는 힘없는 모양으로 일어나서 끌어 내려져 있던 팬티를 올리고, 한 손으로는 가슴을 가렸다.

눈물을 짜내야 했지만 그것만큼은 잘되지 않았다.

"이, 이자가 나를⋯⋯."

카산드라가 로트실트 사내를 가리켰다. 그런데 이상했다.

카르얀 가문의 가주 조슈아와 그의 경호원은 황당하다는 반응만 있을 뿐, 카산드라 본인을 향한 애처로운 시선 따윈 없었다.

카산드라의 표정이 싹 변했다.

"다 들었나?"

"역대 최악의 회의라더니, 다시는 깰 수 없는 기록이 되겠어. 이보다 난장판일 순 없지."

카산드라는 조슈아가 아닌 미하엘부터 훑었다.

인상이 강한 경호원은 체격이 제법 단단했다. 그러나 총기로 무장한 상태가 아닌 이상, 자신의 상대가 되지 않을 것이다.

"문은 닫고 들어왔지?"

카산드라가 태연하게 물었다.

"물론."

카산드라가 깔깔거리는 웃음을 터트렸다.

"왜 그랬어."

그 말을 시작으로 카산드라가 미하엘에게 달려들었다.

쉑―

허공을 가르는 주먹 소리가 났다.

카산드라의 주먹은 정확히 미하엘의 콧잔등을 향했다. 그러나 채 닿기도 전에, 미하엘은 너무나 싱겁게 그녀의 주먹을 손바닥으로 막아 쥐었다.

'이럴 리가 없는데! 설…… 설마?'

늦었다.

그걸 깨달았을 때는 이미, 시야가 반전되고 있었다.

"악!"

바닥에 쓰러진 카산드라의 가슴을 짓밟은 사람은 조슈아였다.

"카산드라. 아직은 우리 힘을 드러낼 때가 아니야. 당신 때문에 망쳐 버릴 뻔했어. 로트실트를…… 하. 기가 차서 말도 안 나오는군."

"너…… 너!"

"마스터께서 이 자리에 안 계신 걸 다행으로 여겨. 넌 그 분에 대해 아무것도 모른다."

카산드라는 고개를 저었다.

한두 번 시작된 그녀의 고갯짓은 멈추지 않고 미친 듯이 계속됐다.

'아니야! 아니야! 아니야!'

조슈아가 핸드폰을 꺼냈다.

"카산드라가 일을 냈습니다. 예. 로트실트를 위협하고 있었습니다. 예. 그렇습니다. 그 점은 염려하지 않으셔도 됩니다. 수면의 인장을 썼습니다. 예. 예. 그 점은 지금 생각 중입니다."

조슈아의 통화 소리에 카산드라의 고갯짓이 멈춰 있었다.

카산드라가 조슈아의 발목을 움켜잡으려 했던 것도, 그녀보다 더 큰 힘으로 제압해 들어오는 미하엘의 힘에 가로막혔다.

그러며 미하엘은 카산드라의 암살 퀘스트 아이템을 수거

했다.

"예. 마스터. 계속 주시하고 있겠습니다."

조슈아가 먼저 카산드라를 짓누르고 있던 발을 떼는 것으로, 카산드라는 자리에서 일어날 수 있었다.

"지금 사람들을 불러오지. 달라지는 건 없어. 우리가 들어왔을 때 넌 로트실트와 엉겨 붙어 있었고, 우리는 목격한 대로만 증언한다. 진실은 너와 로트실트만이 알겠지."

"나선후…… 큭큭. 그자는 '모두에게 위협이 되는 자.' 야."

"역시 네게도 떴었군."

"뭐?"

"그것이 사실이라면 더 바랄 게 없다는 말이다. 마스터의 질서 안으로 편입된 우리들로선, 대환영할 일이지."

"미친!"

하악. 하악.

카산드라는 거친 숨을 내쉬었다.

"카산드라 넌, 적으로 만들지 말아야 할 분을 적으로 만들었어. 그때부터 골드슈타인의 몰락을 자초한 거였다."

"이 개자식들…… 이대로 끝나지 않아. 나선후 당장 데려와."

"네가 저질러 놓은 난장판부터 마무리 지어. 마스터께서

오고 계시다."

　조슈아는 거기까지만 말하고 미하엘과 함께 복도로 나갔
다.

　'나선후가 오고 있다고?'

　카산드라는 멍해졌다.

　로트실트의 방 안에 들어온 이후의 기억들이 뒤죽박죽이
었다.

　　"이런 카산드라. 여태껏 몰랐소? 조나단 그룹의
　　실제 주인 말이오."

　　"이런 카산드라. 여태껏 몰랐소? 조나단 그룹의
　　실제 주인 말이오."

　　"이런 카산드라……."

　로트실트의 그 말이 카산드라의 머릿속에서 울려 댔다.
카산드라는 처음 그 말을 들었을 때처럼, 힘없이 주저앉고
야 말았다.

　퍼즐이 맞춰졌다.

　카르얀 가문과 질리언 그룹 그리고 조나단 그룹까지.

　한국의 전일 그룹 따위가 전부라고 생각했건만, 신생이
지만 실로 거대한 자본 세력들이 모두 나선후의 손아귀에

서 굴러가고 있었다.

어떻게 그런 일이 가능한지는 로트실트의 말마따나 지나간 일이다.

해 볼 수 있는 게 없었다.

금력으로도 무력으로도.

"다 끝났어……."

그제야 아무리 쥐어짜도 나오지 않던 눈물이 쏟아지기 시작했다.

카산드라가 퀭한 얼굴로 울고 있을 때, 사람들이 들어왔다.

누군가 담요로 카산드라의 드러난 가슴을 가려 주고 있을 때에도 카산드라의 눈물은 멈추지 않았다. 다른 사람들이 보기에 그녀는 피해자의 몰골이었다.

하지만 카산드라가 울고 있는 진실은 지극한 후회 때문이었다.

한때는 정신병인 줄 알았다. 그러다 진짜 힘인 걸 깨달았다.

그래서 엄청난 행운인 줄 알았던 '각성'이었으나…….

사실, 재앙이었던 것이다. 유구한 역사의 골드슈타인을 파멸시켜 버리고 마는!

'S급 퀘스트에 손을 대는 게 아니었어.'

카산드라는 속으로 울부짖었다.

*　　　*　　　*

빌더버그 클럽은 작년도까지만 해도 세계의 그림자 정부로서 흔들림이 없었다.

작년에는 국제형사재판소(ICC) 창설을 위한 초안을.

코소보 전쟁으로 더욱 시급해진 대(對)러시아 견제 정책을.

유럽공동체를 모델로 한 북미자유무역협정(NAFTA)을 결의하였다.

금년도에는 원유에 대한 직접세를 결의하고, 다음 연도에서 세계 재정 기구를 창설하여 모든 국제 금융 거래에 대한 직접세를 다루는 것으로.

클럽의 큰 그림이 느릿하게나마 완성되고 있는 중이었다.

그런데 북미 회원들이 이라크 전쟁을 감행했을 때부터였다.

회의 첫째 날의 분위기는 험악했다.

그보다 더 분위기가 악화될 수는 없을 거라고, 누구나 인정하는 바였는데.

그것은 시작에 불과했었다.

상식적으로 납득할 수 없는 사건이 연달아 터졌다.

카르얀 가문이 그들의 동업자인 골드슈타인 가문의 등에
비수를 꽂아 넣은 것을 기점으로.

"그것도 회의 개최 중에 말입니다."

명목상 빌더버그 클럽의 의장직을 맡고 있는 남자가 말
했다.

남자는 조슈아가 이번 연도 회의에 대리 참석자를 보낸
이유를 확신하고 있었다.

정황이 뚜렷했다.

카르얀, 질리언, 로트실트 세 그룹은 회의 개최 일 이전
부터 모종의 협약이 있었던 것이다.

"클럽의 화합이 깨지고 있습니다. 내년도 회의가 정상적
으로 열릴 수 있을지 걱정하기 이전에, 금년도 회의부터 이
대로 중지되고 마는지. 그게 참으로 우려됩니다."

남자는 거기까지 말한 뒤 조슈아와 질리언의 대답을 기
다렸다.

조슈아는 싸늘하게 대꾸했다.

"이게 추궁을 들을 만한 사안입니까? 클럽은 회원들의
합의를 도출하기 위해 존재하는 것이지, 회원들을 강제하
기 위해 존재하는 게 아닙니다."

"그렇게 느끼셨다면 사과드리겠습니다. 어디까지나 중재하려는 것뿐입니다."

그때 질리언도 말했다.

"우리 그룹의 투자 방식에 대해서도 왈가왈부할 수는 없소. 아시다시피 나는 이번이 두 번째 참석이오. 빌더버그 클럽에 대해 들어 왔던 것과 너무 다른 모습에, 솔직히 실망을 감출 수 없소."

남자의 예상대로 조슈아와 질리언은 강경했다. 남자가 말했다.

"단 이틀 만에 프랑스의 금융 시스템은 마비되었습니다. 그리고 유로존 전역으로 확대될 움직임이 분명히……."

질리언의 코웃음에 남자의 말이 끊겼다.

"총칼이 아닌 화폐로 싸우는 시대요. 한데 화폐란 놈은 종종 주인의 말을 듣지 않는 법이라오. 살아서 움직이는 생물과 같단 말이오. 골드슈타인의 그룹에서 수익을 보고 움직인 것은 맞으나. 유로존 전체의 금융 위기까지 계산된 일은 아니란 말이오. 우리 그룹의 전신은 헤지 펀드요. 잊었소?"

"지금이라도 철회할 순 없겠습니까?"

"손실, 아니 예상된 수익을 보장해 줄 거요? 아니잖소."

남자는 곤경에 처했다.

작년도 결의를 깬 미국 회원들, 영국과 유럽 회원들 간의
내분.

거기에다 실로 저급한, 불미스러운 사건까지 터져 버렸
다.

"질리언의 입장은 잘 들었습니다. 한데 조슈아, 이 일로
카르얀 가문도 많은 피해를 입고 있지 않습니까? 대다수의
회원들이 의아해합니다."

"그만둡시다."

"흠."

"클럽에서 중재할 수 있는 사안이 아닙니다. 어제 사건
은 어떻게 처리되고 있습니까?"

그게 문제다.

빌더버그 클럽 내부에서 일어난 일에 사법의 잣대를 들
이대는 것은 누구도 원치 않는 일이다.

서로 피해자라고 주장하는 로트실트와 골드슈타인도 그
랬다.

"두 가문 사이에서 원만히 합의되어져야 할 겁니다."

남자가 답했다.

"올해 클럽 회의는?"

"두 분의 입장이 강경한 이상, 결국 해산될 것 같군요."

면담이 끝났다.

복도 밖.

질리언이 조슈아를 붙잡았다.

"왜 그랬소?"

"무슨 말씀이신지."

"로트실트는 아니요. 로트실트가 배후라기엔 그들은 철
두철미하지 못했을뿐더러, 그대의 가문은 로트실트에 협조
해야 할 이유가 하나도 없었소. 게다가 지금 로트실트는 진
심으로 싸우고 있지만, 첫 반격에서 확대된 일이었소."

"질리언?"

"일이 벌어진 후부터 계속 생각해 왔소. 왜 카르얀에서
골드슈타인을 공격할까, 하고 말이오. 상식적으로는 이해
가 되지 않는 일 아니오. 양 가문의 몰락을 자처하는 일인
데."

질리언은 계속 쏟아 냈다.

"결론은 그렇소. 승패를 계산해서는 안 되는 어떤 지시
가 있었던 거요. 클럽 회원들은 바보가 아니오. 모두가 나
와 같은 생각을 하고 있을 거요."

그러고는 종지부를 찍었다.

"확신하건대 그대와 나는 같은 지시를 따르고 있다 생각
하오."

조슈아는 질리언을 응시했다.

질리언에게서 조바심이 느껴졌다.

몹시 분해하는 그에게서는 어떤 자책감 또한 느껴졌다.

조슈아가 보아하니 질리언은 하수인에 불과했다.

그를 움직이는 지령의 최상부에 어떤 존재가 있는지, 그는 모르고 있었다.

조슈아는 고민하다가 질리언을 자신의 객실로 초대했다.

질리언이 문을 닫으며 참지 못하고 물었다.

"조나단이오? 말해 보시오. 정녕 그자요?"

울분이 섞인 목소리였다.

"진정하세요, 질리언. 조나단의 이름이 여기서 왜 나옵니까?"

조슈아는 위태로워 보이는 질리언을 소파에 앉혔다.

마치 카산드라와 같았다.

눈물만 흘리지 않을 뿐이지, 정신적 한계에 몰린 골드슈타인의 여 가주가 어제 울고 있던 것과 비슷한 모습이었다.

조슈아가 질리언의 어깨를 감쌌다. 그러자 질리언이 고백하듯이 말했다.

"이 세상에 나보다 멍청한 작자는 없을 거요."

러시아발 금융 전쟁, 닷컴 버블, 석유 카르텔 그룹의 완성 등.

조나단과 항상 투자 포지션이 겹쳐 왔던 건 우연이 아니었던 것이다.

그것도 모르고 자산 운용사 업계 1위를 달성했을 때, 조나단을 눌렀다는 기쁨에 도취되어 있었다.

질리언의 고개는 더욱 처졌다.

툭 건들면 그대로 쓰러질 것만 같이 힘없어 보였다.

"조나단이 맞소?"

대답 대신에 조슈아는 다른 물음을 던졌다.

"질리언의 그룹 자본은 어디에서 온 겁니까?"

"말했잖소. 그대에게 지시를 내리고 있는 자들의 자본일 거요. 조나단……."

조슈아의 얼굴이 심각해졌다.

마스터 오딘은 조나단 투자 금융 그룹의 실제 주인이다.

그러며 질리언 그룹과 런던 시티의 다른 자본들에게도 영향력을 미친다는 것까지가, 지금의 조슈아가 알고 있던 선이었다.

그런데 질리언의 말이 사실이라면.

마스터 오딘은 질리언과 기타 자본들의 주인이 되는 것이었다.

'조나단 그룹, 질리언 그룹, 텔레스타, 골드 앤 실버까지 모두?'

세상에 그럴 수가 있나? 조나단 그룹 하나만으로도 세계 자본을 쥐락펴락하는 실정인데, 질리언 그룹까지라니.

그러면서 신분을 드러내지 않은 채 막후에서만 존재하는 마스터는 대체 어떤 인물이란 말인가?

조슈아의 두 눈이 깜박거렸다.

"맞구려."

질리언이 말을 잇지 못하는 조슈아를 쳐다보고 있었다.

조슈아는 어떻게 대답해 줘야 할지 결정을 내리지 못했다.

"……조나단에게 전해 주시오. 나는 여기까지만 하겠다고."

영락없이 세상이 무너진 사람의 모습이었다.

마스터 오딘의 비밀 하수인 중 하나가 떨어져 나가려 하고 있다……?

조슈아는 황급히 웃음을 터트릴 수밖에 없었다.

"하하하! 조나단? 조나단이라고 했습니까? 정녕 그 녀석이 질리언과 내게 지시를 내릴 수 있다고 믿으시는 겁니까? 아닙니다. 아니에요."

"……."

"질리언, 당신은 하나도 모르시는군요. 조나단도 우리와 같은 처지입니다."

순간 질리언은 미동도 없어졌다. 두 눈을 부릅뜬 채 바닥만 쳐다보고 있었다. 그러던 그의 고개가 느릿하게 움직였다. 조슈아는 질리언의 입술이 열리기 전에, 먼저, 손을 내밀었다.

"어쨌든 우리는 동지군요. 질리언."

하지만 질리언은 조슈아의 손을 잡지 않았다. 다른 이름 하나만 내뱉었다.

"에단?"

"그게 누굽니까. 누군지 모르겠으나, 그 또한 우리의 동지 중 한 명이겠군요."

"그럼 대체 이 끝은 어디에 닿아 있는 거요? 그대는 알고 있지 않소."

조슈아는 망설였다.

제 세상 저 밑바닥까지 추락하고 있는 사람을 더 이상 방관해선 안 될 것 같았다. 비록 월권(越權)이 될지라도, 마스터께서는 질리언을 잃고 싶지 않으실 것이다.

조슈아는 결정을 마쳤다.

"우리는 그분을…… 오딘이라 부릅니다."

북유럽 신화의 주신 이름이다.

그때.

언제 다 죽어 가고 있었냐는 듯, 질리언의 두 눈에 이채가 번뜩였다.

"조나단 그룹의 실제 주인을 그렇게 부르는 것이오? 신원 미상의 한국인 말이오. 아니면 그 또한 우리와 같은 처지인 게요?"

질리언은 조슈아를 빤히 쳐다보고 있었다. 표정에서 이는 감정 변화를 하나도 놓치지 않겠다는 듯이.

그러나 생각이 정리된 조슈아로선 속마음을 감추는 것쯤은 어렵지 않은 일이었다.

"그분이 하시는 일을 제가 다 알고 있을 것 같습니까. 나도 질리언과 같습니다."

조슈아는 황당하고 난처하다는 얼굴로 대꾸했다.

"질리언. 새로운 질서가 만들어지고 있습니다. 의심하지 말고 받아들이십시오. 저도 그러도록 노력하는 중입니다."

질리언의 초점이 흐릿해졌다.

'조나단 그룹과 우리 그룹, 시티와 맨 섬에 도사리고 있는 자금들. 그리고 카르얀 가문. 또 골드슈타인 공격 이후에는……'

빌더버그 클럽이야 회원들의 이익을 추구하며 집합된 조직이지만, 오딘이라 불리는 자의 조직은 분명한 그의 사조직이었다.

빌더버그의 주축 가문들은 천외천.

그러나 그 위에 또 다른 하늘이 존재했던 것이다.

천외천외천(天外天外天)!

질리언은 마치 거대 우주가 통째로 자신을 향해 쏟아져 내려오는 것처럼 느껴졌다.

"나도 오딘을 뵙고 싶소."

"그걸 허락하셨다면 그분께서 진즉 당신을 부르셨겠지요. 질리언, 그만 날 곤란하게 하십시오. 이미 충분합니다."

"그럼 그분의 디렉팅 부서만이라도 만날 수 있게 주선해 주시오."

"그건 또 무슨 말입니까. 아아. 질리언. 아무래도 이 이상은 위험한 것 같군요. 그분께선 우리가 이런 대화를 나누는 걸 원치 않으실 겁니다."

질리언은 하는 수 없이 자리에서 일어났다. 조슈아의 말에 틀린 게 없기 때문이었다.

본인의 객실로 돌아간 그는 핸드폰을 쥐었다. 에단에게 연락하려던 것도, 조나단에게 연락하려던 것도 그만두었다. 그에겐 한계에 부딪쳤을 때 찾을 수밖에 없는 사람이 있었다.

연인도 동료도 제자도 아닌, 어중간한 관계.

그녀, 제시카.

〈 나야. 〉

〈 왜 또 처져 있으세요? 〉

〈 세상이 무섭군. 〉

〈 빌더버그 클럽 안에서 일어나는 일들은 절대 기밀 아니었나요? 〉

〈 그 이야기가 아니야. 〉

〈 지긋지긋해요. 그럼 또 조나단 때문이겠네요. 〉

〈 제시카. 거기 일은 어때? 〉

〈 확실히 하세요. 제 일이 궁금한 거예요? 제 목소리가 듣고 싶은 거예요? 〉

〈 미안하군. 시티에 돌아가면 다시 연락하지. 〉

〈 미안한 건 아시네요, 그럼 이제 미안한 일 없게 만들면 되죠. 〉

〈 응? 〉

〈 우리 그냥 결혼해요. 침대 안에서라면 당신의 투정, 받아 줄 수 있어요. 〉

Chapter 6.

〈 금년도 빌더버그 클럽 회의는 더 진행 없이, 해산되었습니다. 〉

〈 카산드라는? 〉

〈 경호원을 증원하여 자택으로 이동 중에 있습니다. 미하엘을 붙이겠습니다. 〉

〈 그럴 필요 없다. 〉

〈 하나 보고드릴 게 있습니다. 질리언에게 마스터의 이름을 들려줄 수밖에 없었습니다. 〉

조슈아는 그렇게 된 경위를 설명했다.

조슈아는 질리언과의 일로, 질리언 투자 금융 그룹 또한
내 수중에 있다는 것을 알게 된 것 같다.

제시카의 텔레스타 인베스트먼트와 시티 자금인 골드 앤
실버 인베스트먼트도 함께일 것이다.

둘이 빌더버그 클럽 회의에서 며칠간 얼굴을 맞대고 있
는 이상, 언젠가는 알게 될 일이었다. 처분은 따로 없다.

〈 예. 마스터. 그럼 저는 다음 던전 공략을 준비하고 있
겠습니다. 〉

〈 일이 정리되는 대로 한번 들르지. 〉

조슈아는 '모두에게 위협이 되는 자' 라는 시스템의 정의
를 어떻게 받아들였을까? 나는 그게 줄곧 신경 쓰였다.

하지만 녀석은 암살 퀘스트에 대한 언급 없이 제자리로
돌아갔다.

그 시각 콜튼은 일등석 좌석 안에서 잡지를 보고 있었다.

프랑스에서 확산되는 유럽발 경제 위기를 심층적으로 다
루고 있는 기사일 것이다.

하루가 다르게 제 가문이 처참히 박살 나고 있는 상황도
그렇지만, 그의 누이가 로트실트에게 폭력을 가할 정도로
무너져 버린 상황은 아직까지도 그에겐 중요했다.

그러다 눈이 마주쳤다. 그가 멀리서 눈으로만 묻는다.

정녕 제거하셔야만 합니까? 더 나빠질 게 없는 여자입니다.

하지만 콜튼을 알아본 승객들이 그에게 접근하며 시선이 차단되었다.

우리나라 경제인도 있었으나, 파리행 비행기 안인 만큼 콜튼과 관계된 인사들도 여럿 있었다.

그들 전부는 심각했다. 때아닌 대책 회의가 비행기 일등석 칸에서 열렸다.

어떤 진실로 경제 위기가 촉발했는지 알 수 없는 그들로서는 뜬구름 잡는 소리만 계속해 댔다.

한편 한쪽에서는 또 다른 그룹이 형성되어 있었다.

조대환 한국인 이사.

재통령 박충식에게는 밀렸으나 그래도 전일 그룹의 권력 중 한 명이다.

그가 우리와 같이 프랑스로 향하고 있는 이유는 우연이 아니다. 골드슈타인의 핵심 사업들을 흡수할, 전일 그룹의 유럽 법인을 설립하러 가는 거다.

마침 조대환은 내 건너편 자리이기도 했다.

비행기가 이륙하며 모든 승객들이 제자리로 돌아간 시점에서, 그가 말을 건네 왔다.

"안녕하십니까."

물론 그와 나는 일면식도 없다.

"기내 분위기가 썩 좋지 않지요?"

그가 말했다. 그러면서 그의 시선은 나를 면밀히 살피고 있었다.

차림새며 내가 보고 있던 잡지들에서, 내게 말을 붙여 볼 만하다 판단했던 것 같다.

"금융계에 종사하고 있습니까?"

그럼 자신을 모를 리가 없을 텐데?, 그런 뉘앙스도 함께였다.

"예."

지갑을 꺼냈다. 각종 가짜 명함들 중에서 조대환에게 줄 만한 것은 아무래도 조나단 투자 금융 그룹의 것이었다.

그룹 로고와 가명 그리고 이메일만 찍힌 가벼운 명함.

그것만으로도 그의 눈빛이 달라졌다.

우리나라 어느 재벌가의 자제일 거라 생각했던 모양인지, 그가 명함을 보는 시간이 길어졌다.

"대단한 그룹에서 종사하는군요. 나는 전일 그룹의 조대환이라는 사람입니다."

"당연히 알고 있습니다. 동석하게 돼서 영광입니다. 이사님."

이후로 우리는 영양가 없는 대화를 나눴다.

조나단 그룹의 최고재무책임자(CFO)인 한국계 김청수에 대한 것부터 시작해서, 기내 안의 공통된 화제 유럽발 금융위기까지.

그는 내 총론에 흡족한 표정을 지으며 자신의 명함을 건넸다.

"언제 한번 연락 주시죠."

인터뷰 자리를 만들어 두겠다는 것인데, 조나단 투자 금융 그룹의 매니저에게까지 그런 제안을 할 정도로 전일 그룹에 대한 자부심이 느껴졌다.

그는 탑승한 이래로 줄곧 그랬다. 두 눈에선 야욕이 꿈틀거리고 입가에선 한 번씩 미소가 나타났다가 사라지기 일쑤였다.

추정컨대 그가 전일 그룹의 유럽 법인 이사장으로 내정된 듯했다.

또한 좌천이 아니라 승격이란 걸, 그 본인도 알고 있는 것 같았다.

지금은 정확한 내막을 모를 것이다.

그러나 자신이 가는 길에 골드슈타인 가문들의 핵심 사

업이 깔려 있다는 것을 깨닫게 되었을 때에. 그는 제 2의 재통령을 꿈꾸고 말 것이다.

조대환은 곧 잠들었다.

꿈속에서도 그는 웃고 있었다.

* * *

프랑스에 도착한 밤.

카산드라의 위치는 변동이 없었다.

다른 퀘스트 각성자들 쪽에서 내게 접근해 오는 움직임이 없었다.

그들은 S급 퀘스트든 살인 퀘스트든, 전부 외면한 채 본인의 삶을 살아가고 있었다.

먼 곳에서 차를 세웠다. 남은 거리는 도보로 줄여 나갔다.

골드슈타인의 본가는 경비가 삼엄했다. 이 이야기가 제 죽음으로 치닫고 있다는 걸 카산드라는 잘 알고 있던 것이다.

총기로 무장한 경호원들만으로는 부족하다 여겼는지 프랑스 경찰국을 움직여 놓기까지 했다.

경찰차의 경광등들이 퍼렇고 뻘건 빛들을 뿜었다. 그것

들은 어둠을 꿰뚫으며 혹 있을 침입자에게 다가오지 말라고 경고 중이었다.

경관이 무전기에 대고 말했다.

"여기는 391. 코드 1. 이상 없다."

〈 알겠다. 391. 〉

보고를 마친 경관은 동료에게 어깨를 으쓱해 보였다.

"끝내주는 저택이지 않아? 하루만 머물러 보면 소원이 없겠군."

"어떤 덜떨어진 인간이 골드슈타인을 건든다는 건지 원."

"피해망상이겠지. 가진 게 많을수록 스트레스가 많은 법이니까. 부르주아들은 피곤하겠어. 나는 쥐뿔이라. 흐흐."

"제발 피해망상으로만 끝나면 좋겠군. 진짜 일 나면 몇 사람 옷 벗는 것으로 끝날 일이 아니야."

둘은 바로 앞에 있는 날 두고, 괜한 어둠만 둘러본다.

그렇게 저택의 뜰은 경관들의 시답지 않은 대화들 외에는 숨을 죽인 듯 조용하다.

하지만 저택 안은 용광로 같은 열의로 가득 차 있었다.

"일단 물러서면 더 멀리 뛸 수 있소. 내 생각은 그렇습니다. 우리 골드슈타인이 이대로 몰락하는 걸 좌시하고 있지만은 않을 거요. 그러기 위해선 지금의 사태를 인정하고……."

콜튼의 목소리였다.

그가 전일 그룹에서 끌어오는 자금에 대해 당주들에게 한창 피력하는 중인데, 정작 카산드라는 그 자리에 없었다.

지도 창으로 확인할 수 있는 부분은 끝났다. 나는 그녀를 찾아 여러 층계를 헤매고 다녔다.

그러던 중 경호원들이 밀집해 있는 층계와 맞닥뜨렸다.

바깥의 경호원들이 긴급 대응할 수 있게 하기 위해서라도, 방문의 잠금장치는 걸려 있지 않았다.

스르르―

어느 초췌한 여자가 손톱을 물어뜯으며 생각에 잠겨 있었다.

이 여자다.

*   *   *

카산드라가 정신을 차렸다.

그녀는 눈동자부터 굴렸다.

아무도 도움을 줄 수 없는 깊은 산속이었다. 그녀는 나를 보고 나서도 소리를 지르지 않고, 한 손으로 제 얼굴을 덮는 게 전부였다.

손가락 사이로 나를 주시하며 바르르 떨기 시작했다. 꽉 깨문 입술에선 피가 새어져 나왔다.

하지만 눈빛은 아직 죽지 않았다. 살인의 동작을 계산하는 눈빛이었다.

쏴아아악!

거대한 칼날이 내 손아귀에서 자라난 순간이 끝이었다.

비로소 벌려져 있던 그녀의 손가락이 삐거덕거리며 제 눈을 감쌌다.

그렇게 카산드라는 한 손으로 눈가를 완전히 덮은 채 죽음을 기다리고 있었다.

"뭘 기다리는 거야."

잠시 후, 그녀가 참지 못하고 물었다.

"설마 여자를 죽일 용기가 없는 거야?"

그녀는 연한 미소를 머금었으나 곧 힘없이 뭉개져 버렸다.

"뭐라고 말 좀 해 봐."

그 즈음에 손전등 불빛이 나타났다. 콜튼이 터벅거리며

비탈길 아래에서 모습을 드러냈다. 진이 다 빠진 모습이었다.

그는 내 손에 들린 거대한 칼과 그 아래 눕혀진 제 누이가 시선에 잡히는 지점에서 잠깐 멈춰 섰다가, 몸을 다시 끌고 왔다.

콜튼은 본인만 한 배낭을 짊어지고 있었다. 그가 카산드라 앞에 배낭을 떨어트리며 말했다.

묵직한 소리가 났다.

"내가 해 줄 수 있는 건 이것뿐이야."

카산드라에게 기회 아닌 기회를 주는 이유는 하나밖에 없다.

내게 골드슈타인을 바칠 그녀의 동생, 콜튼 때문.

쿠구구궁.

던전을 개방한 즉시 진동이 시작됐다. 어둠을 밝히는 공포스러운 푸른빛이 세상에 도래하자, 둘의 시선이 자연스럽게 그쪽으로 쏠렸다.

카산드라의 표정으로 보건대 그녀는 던전을 경험한 적이 없었다.

"던전 중에서는 가장 최하위 등급이다. 그래. 놀랍게도 스스로 목숨을 구할 수 있는 기회를 주고 있는 거다."

나는 카산드라의 허리를 감쌌다.

발버둥 치는 그녀를 던전 속으로 던져 놓고선, 콜튼이 그녀의 누이를 위해 챙겨 온 배낭 또한 밀어 넣었다.

카산드라는 푸른 막 뒤에서 뭐라 떠들어 대지만 그 목소리가 우리에게 닿을 리 없었다.

콜튼은 그녀를 외면하고선 차마 못 보겠다는 듯이 거리를 벌렸다.

내게도 별 반응이 없자, 카산드라는 배낭을 짊어졌다. 무거운 가방을 손쉽게 드는 것을 보면 그녀는 E 등급 근력을 목전에 두고 있었다.

그때 그녀의 두 눈에 도사리고 있는 건 원한이 아니었다.

비행기 안에서 조대환이 언뜻 보였던, 야욕 가득한 눈빛이었다.

그녀가 거침없이 계단을 밟으며 내려가기 시작했다.

등 뒤로 콜튼의 목소리가 부딪쳤다.

"카산드라가 살아 나온다면 더 이상 손대지 않으실 겁니까?"

던전에서 시선을 뗄 수 없었다.

"물론."

대답은 그렇게 했으나 카산드라는 절대 살아 나올 수 없다. 저기는 카산드라와 콜튼에게 말했던 것과는 달리 D 등급 던전이니까.

얼마 후였다.

퀘스트가 취소되었다는 메시지와 함께 푸른빛이 사라졌
다.

던전은 다시 땅속으로 매몰되었다. 영문 모를 얼굴로 나
를 쳐다보는 콜튼을 향해 고개를 저어 보이자, 콜튼은 괴롭
다는 듯이 말했다.

"로트실트에게는 가문 자체적으로 해결했다고 전하겠
습니다. 그것으로 화가 풀렸으면 합니다만, 풀리지 않는다
면……."

"골드슈타인을 건드리는 것은 곧 나를 건드리는 것이
지."

"예. 돌아가는 건 혼자 돌아가 봐도 되겠습니까?"

"그래."

콜튼은 힘없이 비탈길 밑으로 떠났다. 콜튼에게 바라는
건 별것 없다.

충성?

내 견제를 감당할 자신이 없다며 충성을 어떻게 증명하
겠냐고 하소연했던 녀석이었지만, 거기에 큰 의미를 두지
않았다.

녀석의 최고 역할은 골드슈타인의 핵심 사업들을 최대한
본래의 위용을 유지한 채, 내게 넘기는 데에 있다.

그 이후부턴 빌더버그 클럽의 한 자리에서 우리 쪽 안건
에 찬성표를 던지는 수준 정도면 족하다.

만일 녀석이 가주가 바뀌고 가문의 핵심 사업을 잃게 된
것을 보고도 배운 게 없다면 골드슈타인이란 이름이 잔존
할 이유도 사라지겠지만……

차량으로 돌아오는 길.

먼 도로들 위에 늘어선 경찰차 경광등이 보였다. 야산을
굽이돌고, 시가지 전체로 퍼져 나가는 모양새가 상당히 다
급해 보였다.

세상은 한동안 골드슈타인 그룹의 여 회장이 그녀의 자
택 안에서 실종된 사건으로 시끄러워질 것이다.

그때. 우연희의 문자 메시지가 날아왔다.

「 폭력단들이 접근하는 수가 하루가 다르게 늘고 있
어. 」

*   *   *

우연희가 던전에 밀어 넣은 야쿠자들의 수는 백 명을 넘
고 있었다.

죽은 스즈키 자매의 영향력이 아직도 남아 있는 것이다.

내가 도착했을 때에도 산 초입에서 어슬렁거리는 녀석들이 있었다. 그들은 조직원들이 연쇄 실종되고 있는 장소를 정확히 모른 채, 그 행방만 쫓고 있는 중이었다.

그들을 무시하고서 우연희에게 도착했다. 땅 곳곳이 피로 얼룩져 있었다.

텐트의 간이 의자에 앉아 있던 우연희가 몸을 일으켰다.

이토록 빠른 속도로 접근할 수 있는 사람은 나 외에는 생각할 수 없었으니, 그녀는 이쪽을 바라보며 미소 짓고 있었다.

"갔던 일은 잘 해결됐어?"

"보다시피. 또 올라오는 녀석들이 있더군."

"이러다가는 던전이 발각되지 않을까?"

폭력단들이 몰려오고 있는 것들은 그렇다 쳐도, 경찰까지 움직인다면 그럴 공산이 높다.

던전 속의 사전 각성자들이 공략을 하는 동안, 타인의 접근을 절대적으로 차단해 둘 필요가 있었다.

그래서 부리나케 날아온 것이고.

"내가 해결하지."

조직원들이 헤매고 있을 산 아래로 시선을 돌리며 말했다.

녀석은 방아쇠를 당길 틈도 없었다.

퍼억!

내가 발로 가슴을 밀어 쳤고, 우연희는 넘어진 녀석의 뒤로 돌아가 목에 칼을 겨눴다.

폭력이나 그에 상응하는 위협에 익숙한 자들의 반응은 대개 같다. 겁에 질리기보다는 일단 눈알부터 굴린다. 사태를 파악하기 위해서 말이다.

녀석의 눈알도 제 목에 대어진 칼날을 내려다보는 것을 시작으로.

갑자기 쓰러져 버린 조직원들, 기이한 푸른빛을 뿜어내고 있는 던전 입구, 굳은 지 오래되어 보이는 땅 위의 핏물들을 훑었다.

그러다 나를 올려다보며 뇌까렸다.

"이 칼 치우라."

무시하고 우연희에게 말했다.

"나머지 녀석들은 필요 없어."

우연희는 녀석의 목에서 칼을 거뒀다. 그러고는 지난 며칠간 숙달됐는지, 쓰러진 조직원들의 발을 부러트리기 시작했다.

그 고통에 정신이 들자마자 외쳐 대는 비명 소리들이 있었다.

물론 녀석이 가만히 있었던 것은 아니다.

어쭙잖게 내게 몸을 부딪쳐 오려다가 얼굴만 짓뭉개졌다.

녀석이 얼굴을 감싸며 신음하고 있을 때, 우연희는 조직원 여섯 모두를 던전에 던져 놓았다.

"소속부터 말해 봐."

녀석은 쉽게 대답할 수 없었다.

작은 우연희가 너무나 가볍게 조직원 두 명씩을 둘러업고 내던졌던 광경은, 녀석에겐 던전 입구의 푸른빛만큼이나 이 세상에서 일어날 수 없는 광경이었다.

우연희가 집게손가락을 빙글 돌린 후 녀석을 가리켜 보였다.

정신 지배 해 볼까?

그런 수신호다.

고개를 저었다.

우연희의 정신 지배는 단기 기억밖에 끌어내지 못한다.

어쨌든 환상에 빠져 있는 녀석에게는 매가 답이다. 그래서 녀석의 얼굴을 한 번 더 뭉개 주려고 한 순간, 녀석의 입술이 열리는 게 먼저였다.

어쩐지 우연희가 보였던 광경을 납득해 버린 것 같았다.

"도천회(稲川會:이나가와회)에도 있었나……."

녀석이 우연희를 바라보며 중얼거렸다.

야쿠자 조직에 대해 자세히는 몰라도, 그들의 3대 조직에 대해서는 알고 있다.

산구조(山口組:야마구치구미)와 주길회(住吉会:스미요시카이) 그리고 도천회.

그렇게 세 개 조직이 일본 폭력 조직의 최대 파벌이다.

녀석은 나와 우연희를 도천회 소속으로 오해하고 있었다.

내 일본어 발음 때문인 것 같다.

아마도 도천회는 재일 한국인들이 주축이었던 모양이다.

뿐만 아니라 녀석의 말에서 추정할 수 있는 바 하나는, 녀석이 스즈키 자매의 능력을 직접 체험해 본 경험이 있다는 것이었다.

"넌 누구지?"

"나, 산구조 직계 극진회 히로시조 간부 부좌, 마츠이다!"

너희들은 이제 큰일 난 거다!

그런 어투였다.

녀석은 전일 그룹의 조대환처럼 본인의 소속을 자랑스럽

게 밝혔다.

녀석에게 던진 입구를 가리키며 단호한 대답을 들려주었다.

"저기는 지옥으로 가는 통로지. 한 사람만 이 자리에 불러다 주면 저기로 버려지는 일은 없을 거다."

"누, 누구?"

"산구조의 자금 관리자. 우리 윗선들끼리 긴히 할 말이 있거든."

"퉷!"

멍청한 녀석이었다.

녀석이 뱉은 침은 내가 서 있던 자리를 지나쳤다.

이런 녀석하고 긴말을 섞을 필요는 없었다.

"이렇다니까. 좋은 말로 해서는 안 돼."

역시 상황이 뻔했다.

산구조 같은 최대 폭력 조직의 총본부 조장, 그러니까 두목이 교체되었을 때는 일본 전 언론이 시끌벅적해진다.

그럼에도 스즈키 리리카, 그 젊은 여성이 두목이 되었다는 소식은 접해 본 적이 없었다.

그런 일들은 사회면에서만이 아니라 경제면에서도 다뤄지는 소식이다.

산구조 휘하에서 움직이는 수백억 달러의 검은돈들은 아시아와 월가에도 침투하는데, 아시아 금융 위기 때 들어온 일본계 대부업체의 자금 대다수가 이들 폭력단의 자금인 것이다.

오죽하였으면 본 역사에서도 미 정부가 직접 이들 폭력단에 자산 동결 및 경제 제재를 가할 정도였다.

스즈키 리리카의 죽기 전 모습들을 돌이켜 봤다.

그녀는 산구조 전체를 다스릴 수 있는 능력이 없는 여자였다.

할 수 있는 것이라곤 그저, 각성자다운 폭력만 노출했던 게 전부였을 것이다.

시스템 퀘스트가 시키는 대로만.

그렇게 스즈키 리리카는 가짜 두목을 앞에 두고 배후에서만 존재했을 것이다.

산구조의 더러운 진짜 힘을 장악하지 못한 채 말이다.

그렇다면 일은 쉽다.

현(現) 산구조의 진짜 실세는 자금 관리자다.

그자의 이름은 다케우치 류세이.

산구조의 또 다른 직계 중 하나인 동방회 류세이조의 조장이다.

　　　　　　*　　　*　　　*

「 인의(仁義) 」

　거대한 두 글자를 박아 넣은 액자 아래, 류세이는 간부의
보고를 받고 있었다.
　"극진회의 움직임이 이상합니다."
　"언제는 안 그랬나."
　"조장!"
　"그년들은 우리가 어쩔 수 없는 것들이야."
　"하지만 무슨 일이 터진 게 분명합니다. 히로시조와 우
케다조는 요 근래 보이지도 않습니다."
　류세이는 담담히 고개를 끄덕였다.
　그 계집 둘이 산구조 본부 총회를 습격했던 게 2년 전쯤
이었다.
　쌍둥이 두 계집 중, 언니라는 년이 대단했던 것은 어디까
지나 괴물 같은 능력뿐이었다. 조직 시스템에 대해선 조금
도 모르는 멍청한 년이었다.
　처음에는 조직 사업에 관여하고 싶어 하는 것 같더니 이
내 손을 놓아 버릴 수밖에 없었다.
　그러고는 한다는 짓이, 히로시라는 웬 양아치 녀석을 데

려와서 극진회의 한 자리를 맡긴 다음 세계를 떠돌게 하는 것이었다.

그때부터 별의별 외국인들이 들어왔다가 소리 소문 없이 사라져 갔다.

죽은 총 조장에게는 안타까운 말이지만, 류세이에게는 천재일우(千載一遇)의 기회나 다름없었다. 그는 산구조의 간부들을 규합해서 의견을 통일시켰다.

산구조를 망치지 않는 이상, 두 계집이 하고 싶은 대로 내버려 두자고.

류세이가 말했다.

"경찰들이나 기웃거리지 않게 해."

2년 동안 산구조 총 조장이 세간에 모습을 드러내지 않고 있다.

죽었으니까.

경찰들도 그걸 의심해서 수사망을 좁혀 오는 중이다.

"예."

"엊그제 데려온 녀석. 들여보내고."

"카즈마 말씀이십니까."

"그래."

간부가 나가고 잠시 후, 카즈마가 들어왔다.

카즈마는 슈트가 잘 어울리는 사내였다.

그럴 수밖에 없는 것이 카즈마의 태생은 길거리가 아니기 때문이다.

우수한 성적으로 도쿄대 경제학과를 졸업하고, 조나단 투자 금융 그룹 휘하의 헤지 펀드 콜렉에서도 재직한 바 있던 엘리트 출신이다.

그런 그를 산구조가 최고의 연봉으로 스카우트해 왔다.

카즈마는 일본에 도착하기 전까지만 해도, 자신을 스카우트한 곳이 일본의 유명 헤지 펀드 그룹인 줄로만 알았다.

그러나 그 헤지 펀드 그룹의 꼭대기에는 일본 최대 폭력단인 산구조가 있었다.

카즈마는 소파에 앉았다.

무릎 위에 두 손을 가지런히 올려놓은 그에겐 긴장한 기색이 역력했다.

"어제 그거 말이야. 어떻게 됐어?"

류세이가 모르는 척 물었다.

"오늘 자로 골드슈타인 그룹에서 발 빠른 대응책을 내놓았습니다. 유럽 주가가 안정세를 되찾기 시작했고, 독일 은행들도 대출 규제를 풀기 시작했습니다. 염려하실 점은 없으십니다."

"그룹 여 회장이 자택 안에서 실종됐다고 하던데? 그걸로는 문제없겠나."

"별개의 사안입니다. 조장님. 말씀드렸던 바는 고려해 보셨습니까?"

솔직히 카즈마는 두려운 한편 답답했다.

어제도 충분히 설명했다.

미 정부에서 폭력 단체들의 자금에 제재를 가하려는 움직임이 시작되고 있었다.

이탈리아의 카모라와 멕시코의 로스 제타스에는 이미 철퇴가 떨어져, 그들의 자본 흐름을 옭아매는 중이다.

곧 산구조 차례다.

지금 수순대로라면 미 정부는 산구조의 미국 내 자산을 동결시키고, 산구조와 북미 기업 간의 거래를 불법으로 낙인찍어 버린다.

이에 대한 방어 수단은 그런 일이 일어나기 전에 미국 내 자산들을 조세 피난처로 우회시킨 후. 깨끗하게 세탁한 다음 유망한 수익처에 투자하는 것이었다.

"다케다 의원을 기다려 보고 있다."

"이건 다케다 의원이라도 해결할 수 있는 사안이 아닙니다."

"네 말대로 된다 쳐 보지. 그래서?"

"조나단 투자 금융 그룹과 질리언 투자 금융 그룹에 직접 투자가 가능하다면 진즉 그렇게 할 일이나, 조장님께서도 아시다시피 그들은 비상장 그룹입니다."

"수익률 크게 나오는 헤지 펀드들 있잖아."

"예. 다케다 의원에게 지시할 일이 그런 일입니다. 두 그룹의 블랙스완 류 헤지 펀드들이 수익률은 가장 높습니다만 자리가 없습니다."

"그래서?"

"만일 다케다 의원이 뚫지 못한다면, 구골이라는 IT 기업이 곧 상장됩니다. 조나단 헌터가 반 합작한 회사라는 점도 그렇지만, 이미 월가와 시티 전체가 그들에게 집중하고 있습니다."

산구조의 돈을 다루는 다른 자들이 하는 말과 동일했다.

사실 류세이는 카즈마를 시험해 보는 중이었다. 그를 동방회에 배속시켜도 되는지.

그 일만큼은 류세이 본인이 직접 챙겨 왔었다.

한 해 산구조 휘하 조직들 아래에서 다뤄지는 자금의 규모가 3조 엔을 넘는다.

주식, 부동산, 국책 사업 등에서 벌어들이는 깨끗한 돈은 상관없지만.

마약, 무기 밀매, 캬바레, 파친코, AV 등의 음지에서 벌어들이든 돈들은 세탁 및 투자처에 분산해 두는 작업이 필요한 것이다.

카즈마 같은 엘리트 샌님들이 하는 업무가 바로 그것들
이다.

"좋아. 넌 들어와라."

"⋯⋯예?"

류세이는 바깥에 대고 간부를 불렀다.

"이 녀석 데려가서 교육시켜."

카즈마는 휘둥그레진 눈으로 주위를 두리번거렸다. 그러
나 들려오는 대답이라곤, 간부의 따라오라는 말밖에 없었
다.

그날 오후에 류세이의 진짜 자금 관리 부장이 사무소로
들어왔다.

그는 목표로 했던 기업의 주식 매집이 끝났으며, 곧 주주
총회에서 일을 벌일 거라는 자세한 보고를 긴 시간에 걸쳐
끝냈다.

창밖으로 석양이 지고 있던 시각이었다.

류세이와 부장이 저녁 식사를 하기 위해 몸을 일으키던
그때.

스르르.

소리 없이 문이 열렸다. 류세이와 부장은 경악할 수밖에
없었다.

아무것도 없던 공간에 갑자기 사람이 나타났기 때문이

며, 그걸 인지한 순간 그가 폭발적으로 날아들었기 때문이
었다.

화아아악!

섬뜩한 목소리가 둘에게 부딪쳤다.

"꿇어."

*　　*　　*

빠지직—

벼락 줄기가 넘실거렸다.

"큭."

류세이는 짧고 고통스러운 숨을 토해 내며, 제 눈앞에서
튀어 대는 벼락 줄기들에 창백한 얼굴이 되었다.

"소리치고 싶다면 얼마든지."

하지만 이 층 안의 야쿠자들은 모두 정리가 끝난 상태였
다.

둘이 고개를 돌렸을 때 열린 문 밖으로 보이는 광경이 바
로 그러한 것이었다. 나는 둘의 어깨를 짓누르고 있던 손을
뗐다.

둘은 다시 한번 신음을 터트리며 손을 올려 본인들의 어

깨를 감쌌다.

벼락 줄기를 거둔 후 조용한 시간이 길어졌다.

그러던 문득 류세이가 큭큭대고 웃기 시작했다.

"크크큭…… 번지수 잘못 찾은 거 아니오? 총 조장은 워낙에 비밀스러운 인사라 나도 어디에 있는지 모르오. 하지만 극진회의 히로시와 우케다라면 총 조장의 행방을 알고 있을 게요."

"스즈키 자매는 죽었다. 히로시와 우케다라는 녀석들도 비슷한 운명에 처해 있지. 알겠나? 산구조 직계 동방회 류세이조의 조장이자 산구조의 자금 관리자, 다케우치 류세이. 네 녀석을 찾아온 거다."

계산적으로 웃던 녀석의 미소가 싹 지워졌다. 녀석이 나를 올려다보고는 눈살을 찌푸렸다.

"그 계집들을…… 죽였소?"

대답 없이 테이블 옆 소파에 앉았다.

두 녀석은 내가 들어오기 직전에 큰 작전 하나를 기획 중이었던 모양이다.

테이블에 놓인 서류들은 우리나라에서도 샤를리아, 샤를 백화점, 샤를 호텔 등으로 잘 알려진 재벌 그룹 샤를을 타깃으로 작성되어 있었다.

샤를 그룹.

우리나라 사람들은 한국의 재벌 그룹으로 알고 있으나 실은 일본 기업으로, 전일 그룹으로서는 유일하게 지배 지분을 확보하지 못한 그곳이었다.

내가 작전 서류를 훑어보기 시작하자, 녀석의 부하가 불안한 눈빛을 띠었다.

가히 야쿠자다운 작전이었다.

주가 조작보다는 주주 총회에서 분란을 일으켜, 그들이 매입한 지분을 높은 가격에 강매할 생각이다.

번외로 재일 한국인들이 주축이 된 또 다른 폭력 조직, 도천회(稻川會:이나가와회)의 이름도 자주 언급되고 있었다.

자그마치 100억 엔 규모의 전쟁을 코앞에 두고 있을 때, 내가 나타난 것이다.

녀석의 부하는 속이 타들어 가는 얼굴로 온몸을 꿈틀거렸다. 가뜩이나 내가 녀석들의 작전에 흥미를 보이고 있으니, 침착하던 류세이 녀석도 얼굴이 슬슬 굳어지기 시작했다.

녀석이 말했다.

"그 계집들의 자리를 차지하겠다면 우리 동방회가 협조하겠소."

"계집들의 자리? 산구조에 그런 게 있었던가. 실권이라곤 아무것도 쥐지 못한 자매였지."

"무슨 말씀을. 우리 전 조직원들은 그 계집들을 보스로 모셨소. 이젠 당신이 그렇게 될 수 있소."

"이봐. 류세이. 머리 제대로 굴려. 내 마음 바뀌기 전에."

내 말의 뜻을 파악했기 때문일 것이다.

순간 휘둥그레진 녀석의 두 눈은 금방이라도 튀어나올 것 같았다.

역시, 머리가 나쁘지 않게 돌아가는 녀석이다.

"이제야 제대로 된 이야기를 나눌 수 있겠군. 그럼 말해 봐. 이 모든 걸 눈감아 주면 어디까지 바칠 수 있지?"

"당신의 말이 어디까지 사실이냐에 따라 달린 것 아니겠소?"

"난 너희 야쿠자들의 사업에 관심이 없다. 산구조 따윈, 누가 먹든 알 바 아니지."

녀석의 부하가 뭐라 입을 열려 했다. 녀석은 그런 부하를 눈빛으로 묵살해 버린 다음, 보다 차분해진 눈빛으로 말했다.

여전히 무릎이 꿇려진 채였다.

"좋소."

"첫째로 필요할 때 내 지시에 따라 줬으면 하는군. 그거야 스즈키 자매 아래에서도 해 왔던 대로일 테니 달라지는 것은 아무것도 없을 것이다. 너희들의 사업과는 무관한 지시라 약속하지."

"다음은 무엇이오?"

"산구조의 스위스 계좌. 없다고 하지 마라. 다 알고 왔으니."

홍콩을 통해 스위스 은행들로 분산시킨 대규모 자금들이 존재한다.

그 사건이 터지는 건 몇 년 후.

지금의 이 녀석들은 차마 알 수 없을 테지만, 미 정부에서 세계 폭력 조직에 대한 제재를 강화하면서 스위스 당국 또한 협조하기에 이른다.

녀석의 얼굴이 고통스럽게 일그러졌다. 최소 억 달러 규모의 조직 비자금이 날아가게 생겼으니, 당연한 일이다.

"그 다음도 있소?"

"한국에 진입시킨 대부 업체들을 철수시켜라. 그럼 산구조의 다음 두목은 바로 너다. 다케우치 류세이."

돈은 많을수록 좋다.

그러나 이들 야쿠자가 마약과 무기 밀매 등에서 벌어들이는 범죄 수익들은 해가 지날수록 세탁하기 힘들어진다.

결정적인 계기는 미국이 벌이고 있는 '테러와의 전쟁' 때문이다.

검은돈과 연관되는 건, 도덕성을 떠나 언젠가는 내 발목을 붙잡을 일이다.

긁어 부스럼을 만들 필요는 없다.

"그 거래. 받아들이겠소."

"이런 아둔한 녀석, 이걸 거래로 여기고 있었나?"

야쿠자 조직 따윈 관심 없다. 그것만큼은 진심이었다.

"잠…… 잠깐!"

잠깐은 무슨.

퍼억!

피가 튀고.

"악!"

비명도 튄다.

＊　　　＊　　　＊

던전 입구에서 사람들이 기어 나오기 시작했다.

"아아……."

근 한 달 만에 지상으로 나온 그들은 환희로 가득 찼다.

그러나 생생한 표정과는 달리, 그들의 상태는 최악이다.

눈부신 태양을 경배하듯 올려다보면서도 여전히 땅을 기고 있을 뿐이었다.

사전 각성자 서른 명 중 생존자는 일곱 명이 다였다.

한편 사전 각성자들의 리더는 남자가 아니었다. 힘을 실어 줬던 루카스는 진즉 죽었다 했다.

그녀가 생존자들의 리더로 인정받고 던전 공략을 성공해 냈다는 것은, 리더로의 자질이 뛰어나다는 방증이었다.

던전 안에서 이런 녀석이 탄생하길 바랐던 것이다.

이름은 아오키 유리아.

본시 스즈키 자매의 그룹원이기도 했던 젊은 여성이다.

우연희가 힐을 해 주자, 다 죽어 가던 그녀의 눈빛이 되살아났다.

그간 던전에서의 참상이 더욱 지독했던 탓에, 나를 향한 반심도 상당히 지워져 있었다.

그녀가 던전에서 있었던 일을 이야기하기 시작했다.

야쿠자들이 인간 방패로 활용되었을 거란 추측과 내부 현실은 달랐다.

그녀는 맹인이나 다름없어진 그들조차도 한마음으로 묶어 공생(共生)을 도모했었다. 불행히도 살아남은 자는 없지만…….

이야기를 나누면 나눌수록 그녀가 마음에 들었다.

물론 본 시대에서 명성을 떨친 여자는 아니다.

하지만 하루하루 바뀌고 있는 미래처럼 그녀의 운명도

바뀌고 있는 중이다.

시작의 날에 대해 들려주며 포문을 열었다.

"나는 그 날을 준비하고 있다. 내 밑으로 들어와라. 유리아."

"제게 선택권이 있습니까? 그리고 지금 인원으로는 애초에 추가 진행이 불가능합니다. 서른 명 중 일곱 명만 남았습니다."

"정신이 정예화된 일곱 명이지. 확보한 명단이 있다. 개중에 추격자가 있다면, 네 나름대로 추가로 확보할 수도 있을 것이다."

"하지만 야쿠자들이 가만히 있지 않을 테죠. 그들은 오딘과 우리를 찾고 있을 겁니다. 오딘이 죽인 스즈키 자매가 야쿠자들의 두목인 거 아시죠? 그들은 오딘과는 다른 의미로 무서운 자들입니다. 복수를 위해 무슨 짓이든 저지를 거예요."

그라프 일족과 사투를 벌여 온 여자가 야쿠자들을 걱정하고 있었다.

어쩌면 현실을 살아가야 하는 그녀로서는, 지하 속의 괴물보다 지상의 괴물들을 더 두려워할 수밖에 없었을 것이다.

"앞으로 야쿠자들과 부딪칠 일은 없다. 그것들은 그것들

세상에서만 살아야지, 우리 일에 끼어들어선 안 돼. 죽고 싶지 않다면."

유리아가 대답했다.

"그…… 렇습니까. 생각할 시간이 필요합니다. 팀원들의 생각도 들어 봐야 하는데, 몇몇은 사회로 돌아가길 바랄 겁니다."

"넌?"

"예?"

"너도 사회로 돌아가고 싶나?"

유리아의 두 눈이 흔들렸다. 그럼에도 그녀의 대답은 정해져 있었다.

"언제 일어날지 모르는 일로 지금의 삶을 포기할 순 없습니다. 오딘, 당신이 놓아주시기만 한다면, 예. 그럴 거예요. 하지만 놓아주지 않으시겠죠."

"사회에서 비서였다고 했지?"

"그렇습니다. 야마다 그룹에 있었습니다."

늘씬한 키에 또렷한 이목구비.

그녀가 일본 대기업 야마다의 비서실에서 어떤 모습이었을지 선했다.

"그럼 보는 눈이 있겠군."

레볼루치온에서도 조슈아는 그룹원들에게 연봉을 지급

하고 있다.

사회에서 대단히 성공해야만 거머쥘 수 있는 돈을 약속하는 거다.

그때 내가 꺼낸 서류들도 동일한 사안을 다루는 것이었으며 일본어와 영문으로 작성되어 있었다. 한때 우연희에게 줬던 계약서와 비슷하지만, 그때와는 다르게 법적 효력이 존재하는 진짜 계약서다.

"주식회사 투모로우(Tomorrow)……?"

그녀가 계약서 끝에 어김없이 붙어 있는 이름을 읽었다.

지난 한 달간.

이들이 던전에서 나오길 기다리며 만들어 뒀던 법인의 이름이었다.

"사회로 돌아가지 말라는 것이 아니다. 이를 직업처럼 여겨 주길 바랄 뿐이지. 그 날까지 우리 그룹원 모두에게 풍족한 삶을 약속하마. 그 날 이후에는 더욱이."

"실제로 존재하는 회사입니까?"

"너희들이 들어오면 그렇게 되겠지. 선택권이 있냐고 물었었지? 그래."

나는 유리아에게 펜 하나를 건넸다.

그녀는 펜을 받은 채로 계약서를 뚫어져라 쳐다봤다.

그리고 그날 저녁.

유리아가 호텔 객실로 생존자 모두의 서명을 받은 계약서를 들고 왔다.

유리아처럼 스즈키 자매의 그룹원 소속이었던 생존자들은 던전의 참상을 어렵지 않게 극복하고 있으나, 한국인 목포 사내처럼 던전이 처음이었던 자는 나사 하나가 빠진 것처럼 굴고 있다는 보고도 함께였다.

어쨌든 그 자리에서 계약금을 이체했다.

모두의 계좌로 최소 오천만 엔, 한화로 오억 원 이상의 돈.

비로소 유리아는 믿는 눈치였다.

흔히들 말한다.

인재 경영이 성공해야 회사가 발전한다고.

신생 기업 투모로우에게는 그만큼이나 맞는 말이 없을 것이다.

"유리아. 시작의 날에 대한 건 잊고 회사를 경영한다고 생각해라. 위험하고 비밀스러운 직무지만, 그런 일은 비단 던전뿐만이 아니지."

유리아는 나를 응시했다. 그러고는 곧 그녀의 허리가 천천히 숙여졌다.

"오딘을 오해했습니다. 늦었지만 사과드리겠습니다."

그녀가 나간 뒤 우연희가 물었다.

"뭐라고 한 거야?"

"날 오해했다며 사과한다는군."

"목소리도, 인상도 몹시 차가운 사람이야. 믿을 수 있겠어?"

"꾸준히 주시해야겠지만, 저런 녀석들은 보상만 충족되면 대개 배신하지 않는다. 딱 바라던 녀석이었어. 영민해 보이기도 하고."

우연희의 어깨를 토닥여 준 후 핸드폰을 꺼냈다.

우연희도 많은 사람이 죽은 오사카 던전의 참상을 잘 극복하고 있다.

그럼 이제, 시스템이 벌여 놓은 장난질에 종지부를 찍을 때였다.

〈 믹. 〉

〈 예. 〉

〈 지금 사진 하나 보냈다. 고양이들에게서 그 물건을 회수하도록. 〉

그 시각 호텔 텔레비전 속에서는 아나운서의 목소리가 흘러나오고 있었다.

"폭력단 최대 조직 야마구치구미(山口組)의 두목이 14년 만에 교체되었습니다. 야마구치구미는 3만여 명의 조직원을 거느린 최대 조직으로, 조직 본거지 고베에서 공식 취임식을 가졌습니다. 새 두목은 다케우치 류세이로, 오늘 취임식에는 전역에서 조직 간부 100여 명이 참석했습니다. 두목 교체 과정에서 조직 내 패권 싸움이 벌어질 것을 고려해 80여 명의 경찰관을 총본부 주변 등지에 배치해 만일의 사태에 대비하는 등, 시종일관 긴박한 분위기가 연출되었습니다. 한편 전 두목이었던 와타나베 고고리의 의문스러운 실종 사건과, 최근 벌어진 야마구치구미의 조직원 대규모 실종 사건을 두고 경찰 당국은……."

거기에 언뜻 비친 류세이는 몇 주 전 구타의 흔적을 털고 나온 모습이었다.

Chapter 7.

"오늘 기분은 어떻습니까?"

"어떤 것 같나요?"

"좋지 않아 보이는군요. 왜죠?"

"오늘을 끝으로 이 치료를 이어 나갈 수 없을 것 같으니까요. 삼 년이 넘도록 오만 달러를 들였어요. 전 이제 빈털터리라고요. 아시겠어요?"

카밀은 참고 참았던 분노를 터트렸다.

버는 돈 족족 정신 치료에 쏟아 부었다.

한데도 한 달 전에는 어떤 사람을 죽이라는 명령까지 내려왔었다.

"당신은 환각이라고 하지만 이건 대체 어떻게 설명할 수
있죠?"

그때 카밀이 주머니에서 꺼낸 건 엄지손가락만 한 금속
물질이었다.

섬세한 문양이 조각되어 있는 그것은, 죽여야 하는 대상
의 위치를 가리키는 내비게이션이었다.

"오늘은 카밀 씨의 부모님에 대해 이야기해 보죠."

"마지막 상담이라고요. 빌어먹을, 제 가족사에는 문제없
어요."

"그 물건에 대해서는 충분히 대화를 나눴습니다. 부족하
다고 느끼시나요?"

"부족한 게 아니라 후회하는 겁니다. 당신과의 상담에
카드를 긁어 댈 시간에 비행기 티켓을 샀어야 했어요. 딱
한 장이면 됐다고요."

"그럼 왜 그렇게 하지 않았습니까?"

"선생님은 사람을 죽일 수 있나요? 환각인지 아닌지도
모르는 괴상한 명령에 따라, 생업 내팽개치고 날아갈 수 있
나요?"

상담자는 과거 기록을 확인하며 물었다.

"지금도 나선후의 위치가 보이십니까."

"예."

"그는 지금 어디에 있죠?"

"한국과 일본 사이의 바다에 있어요."

"왜 거기에 있을까요."

"일본에서 한국으로 가고 있는 중으로 보여요."

"이동 수단은 무엇일까요."

"비행기인 것 같아요. 맙소사. 난 비행기 공포증 같은 건 없다는 거, 미리 말씀드리죠. 선박 공포증도 없어요."

"비행기를 이용해 보신 적은 있으십니까?"

"……바로 이거죠. 이런 쓸데없는 질의응답에 내 시간과 내 돈 모두를 낭비했다는 겁니다. 당신은 실력이라곤 쥐뿔도 없어요. 가만히 앉아서 시간당 수백 달러씩을 갈취해가죠. 당신이 시스템보다 더 악질이란 말입니다. 아시겠어요?"

"그렇게 생각하시는군요. 시스템이 악질이라 생각하시는 연유를 다시 한번 이야기해 보죠. 나선후라는 사람을 죽이라는 명령이 내려오기 이전에도 시스템을 그렇게 여겼던 적이 있었습니까?"

"똑같은 거 묻지 말고, 그 잘난 상담 기록이나 뒤적이시죠!"

카밀은 정해진 상담 시간 내내 분노를 표출했다.

애초부터 그럴 마음으로 온 거였다.

그러나 그의 분노는 두터운 상담 기록에 새로운 문장들로 채워질 뿐이지, 상담자는 큰 반응이 없었다. 상담자는 상담 시간이 끝날 무렵에야 치료에 한 단계 진전이 있다고 말했다.

그건 의외로 카밀에게 위안이 되었다.

여전히 사람을 죽이라는 퀘스트 창이 보이고 죽여야 할 대상의 위치가 확인 가능하지만, 상담자의 말마따나 치료가 어느 정도 도움이 된 것 같았다.

생각해 보건대 자신의 문제는 감정 표현이 능숙하지 않은 데 있었다.

살아오면서 이렇게 분노를 터트렸던 적이 있었던가?

없었다.

사람들과 잘 어울리지 못했고, 심지어 온라인 게임 안에서도 비슷했다.

그러니 사람을 죽이라는 명령은 그 억눌린 마음이 무의식 속에서 표출된 것이리라.

카밀은 상담자의 사무실에서 나오며 위치 탐색기를 바라보았다. 상담자의 말을 믿기로 했다. 어떤 잡화점에서 구한 것인데 기억이 왜곡되었다고.

집으로 돌아올 무렵.

한 달 전 즈음 자리를 잡은 낯선 승합차 한 대가 여전히 그 자리에 있었다. 동네 주민 중 누군가가 매너 없이 주차 자리 하나를 한 달 내내 차지하고 있는 것이다.

그때까지만 해도 카밀은 조금도 눈치 채지 못했다.

그를 항상 주시하고 감청하는 자들이 그 안에 있다는 것도, 그날 밤에 들어온 강도들이 실은 승합차 안의 사내들이라는 것도 말이다.

강도들이 떠나고 난 뒤, 카밀은 바들바들 떨리는 손으로 전화기부터 움켜쥐었다.

그때였다. 새하얗기만 했던 머릿속으로 강도들과의 대화가 스쳐 지나갔다.

"위치 탐색기를 회수하러 왔다."

"위치 탐색기?"

"모르는 척하지 않는 게, 신상에 좋아."

"이…… 이거 말이야?"

"맞아. 경고 하나 하지. 우리가 다시 찾아오는 일이 없도록 해 줬으면 좋겠어. 그땐 네 목을 가지러 와야 할 것 같으니까."

*   *   *

빚을 내서 상담 치료를 계속하고 있건만, 위치 탐색기를 강탈당한 이야기를 들려준 이후로 상담자의 분위기가 심상치 않았다.

그러다 몇 주 후였다. 상담자가 안타까운 결론을 내렸다.

"해리성 정체감 장애라고 들어 본 적 있습니까?"

"어려운 말로 하면 모릅니다."

"흔히들 다중인격이라고 합니다. 환자에 따라 여러 양태로 일어나죠. 다른 인격이 행동을 지배하는 상황을 기억하고 있는 경우도 있지만, 그걸 기억 못 하는 경우도 있습니다. 그리고 그 두 경우가 혼합되어 두 인격이 한 상황을 만들어 내는 경우도 있습니다."

끔찍한 소리였다.

나선후나 그 강도들은 자신이 만들어 낸 인격일 수도 있다는 말이었으니까.

그렇지 않아도 카밀은 누군가 자신을 항상 주시하고 있다는 느낌을 계속 받고 있었다. 막연한 피해망상이 이제는 정신 분열 증세로까지 확장되고 있었다.

카밀은 눈물을 글썽거렸다. 그가 상담자의 두 손을 끌어당겼다.

"전 어떻게 해야 하죠. 도와주세요. 이러다가 정말로 미쳐 버리고 말 거예요."

"시설 치료를 권해 드립니다."

"안 돼요. 그럴 돈도 없어요."

"정부에서 지원해 주는 치료 프로그램들이 있습니다. 제가 연결해 드리죠."

"생, 생각할 시간을 주세요."

"언제든 연락 주십시오."

카밀은 녹초가 돼서 사무실을 빠져나왔다. 세상이 핑 돌았다.

자꾸만 정신 병원에 갇혀 약에 몽롱해진 자신의 모습이 떠올랐다. 거기에서 자신은 치료되기는커녕, 점점 악화되고 있었다.

카밀은 누가 보더라도 세계에서 제일 불행한 사람처럼 보였다.

다 죽어 가는 인상으로 힘없이 걷던 그의 시선에 한 사람이 들어왔다.

동양계 여성이었고 눈이 가는 늘씬한 미녀였다.

'정신 병원에 갇히기 전에 저런 여자와 한번 자 볼 수 있다면……'

여자와 향하는 방향이 같았다.

카밀은 걸음 속도가 느릿해졌다.

난데없는 동양계 미녀의 뒷모습은 절망뿐인 그에게 잠깐

이지만 유일한 낙과 같았다.

그렇게 카밀은 여자의 뒤태를 감상하며, 상담자에게 들었던 이야기들을 잊고 싶어 했다.

그런데.

여자가 자신의 집 대문에 멈춰 서서 초인종을 누르는 게 아닌가?

카밀은 그녀가 놀라지 않도록 헛기침부터 내뱉었다.

"저를 찾아오신 겁니까?"

"카밀 노박 씨?"

"예. 제가 카밀 노박입니다. 무슨 일이시죠?"

"잠시 시간 되십니까?"

여자는 명함을 건넸다.

「주식회사 투모로우. 대표 이사 아오키 유리아」

"저는 아오키 유리아라고 합니다. 카밀 노박 씨를 만나기 위해 일본에서 왔습니다."

＊　　＊　　＊

카밀은 일단 부정했다.

상담자와의 상담 기록이 어떻게 노출되었는지는 몰라도, 자신의 치부를 자신이 입으로 직접 공언하고 싶지는 않았다.

특히 이 일본인 여자 같은 매력적인 여성 앞에선.

"이걸 보시겠습니까."

여자가 그렇게 말하며 손바닥을 펼치는 순간!

일이 일어났다.

여자의 손바닥 전체에서 갑자기 불길이 치솟았다.

"세, 세상에!"

카밀은 자리를 박차고 일어나기는커녕, 앉은 자리에서 눈만 깜박거리는 게 다였다. 그도 모르게 손을 뻗고 있었다.

뜨거운 열기가 느껴지는 그것은 진짜 불덩이였다. 진짜 불덩이!

여자는 기이한 광경에는 어울리지 않게 태연스럽게 말했다.

"시스템은 우리 같은 사람들을 '각성자'라고 명명했으며, 우리 투모로우는 각성자들을 모집하고 있습니다."

그 딱딱한 어투에 카밀은 정신이 퍼뜩 들었다.

여자의 손을 감쌌던 불길도 그때 사라졌다.

"각성자……."

"예. 카밀 노박 씨. 저는 당신이 각성자란 걸 알고 왔습니다."

그때부터 여자의 설명이 이어졌다.

투모로우는 각성자들을 고용하여 훈련시키고, 비록 목숨이 위험한 직무를 수행하지만 그에 마땅한 연봉과 복지를 보장한다는 설명이었다.

영화에나 나올 법한 이야기였으나 이는 엄연한 현실이었다.

여자의 손에서 치솟았던 불길, 지금도 띄울 수 있는 상태 창 등.

카밀은 속으로 외쳤다.

'난 미쳤던 게 아니었어! 개 같은 상담자! 난 미쳤던 게 아니었다고!'

하지만 여자가 보여 줬던 불길이 너무나 인상 깊었다. 카밀은 복잡한 마음으로 대답했다.

"저…… 는 평범합니다. 불을 만드는 것 같은 초능력이 없습니다."

"시작은 다들 비슷합니다. 임직원들을 훈련시키고 새로운 스킬을 얻게 하며, 생존할 수 있도록 도와주는 게 우리 투모로우의 역할입니다."

'새로운 스킬?'

그보다 더 번뜩이는 말이 있었다.

"연봉을 준다 하셨죠?"

"예."

"얼마죠?"

"기본급은 미화 삼십만 달러고, 인센티브는 거기에 자세히 나와 있습니다."

여자는 계약서 파일을 내밀었다. 카밀로서는 말로만 듣던 숫자들이 거기에 적시되어 있었다.

"위험한 기관은 아닙니까? 목숨이 위태로울 수 있는 위험한 직무라는 건 무엇이죠?"

"카밀 노박 씨. 직무 중 사망하시게 된다면 지정하신 수혜자의 명의로, 현 연봉의 열 배가 넘는 금액이 보상금으로 지급됩니다. 자세한 건 계약 후 본사에 가서 설명드리겠습니다."

대화 이후로 여자의 미소를 본 적이 없었다.

그러니 그 순간 빙그레 웃는 여자의 미소에서, 카밀이 어떤 불길한 느낌을 강력하게 받았던 것도 사실이다.

하지만 카밀의 시선은 계약서 서류에서 벗어나질 못했다.

연봉?

물론 돈 때문이기도 하다.

그러나 정신병인 줄로만 알았던 것이 실은 선택받은 능력이며, 본인 같은 초능력자들이 속해 있는 사기관이 존재하지 않았던가.

별세계의 세상이 자신을 향해 손짓하고 있었다. 지긋지긋한 일상이 좌절로 뭉개졌던 것도, 한순간에 오래된 이야기처럼 느껴졌다.

서명 하나면 누구보다 특별한 삶을 살 수 있는 자신이다.

카밀의 심장은 여자를 처음 봤을 때보다 더 세게 박동하기 시작했다.

두려움에 쿵!

기대감에 쿵쿵!

"수혜자는 제 여동생으로 하겠습니다. 전 이제 뭘 어떻게 하면 되죠?"

여자는 일본행 비행기 티켓 하나와 주소가 적힌 메모지를 내밀었다.

카밀이 끝까지 하지 않은 질문이 있었다. 투모로우의 제안을 거절했을 때 자신의 신변에는 문제가 없는지 하는……

그런 걸 물을 만큼 카밀은 멍청이가 아니었다. 서명을 하기로 결정한 이상, 질문은 가슴속에 묻었다. 물론 위치 탐색기를 강탈해 간 남자들과 투모로우의 관계도 말이다.

카밀은 짐을 챙기며 유일한 가족인 여동생에게 문자 하
나만 남겼다.

「 근사한 곳에 취직했다. 일본이야. 건강하게 잘 지
  내고 있어. 」

카밀이 일본으로 떠난 날.
지난 한 달간 반대편 도로에 주차되어 있던 승합차도 사
라졌다.

〈 고양이가 투모로우로 떠났습니다. 〉

치이이익—

              *   *   *

오사카에서의 일을 끝내자마자 뉴욕으로 들어왔다.
이제 서른 초반이지만 조나단의 얼굴에는 주름이 많이
늘어 있었다.
본인도 그걸 의식하는지, 그는 상류층만 상대하는 출장
마사지사의 손에 자신의 얼굴을 맡기고 있는 중이었다.

내가 들어오자 조나단은 마사지사를 내보냈다. 그가 얼굴에 묻어 있는 마사지 오일을 씻으며, 거울에 대고 말했다.

"동양인이라서 그런가. 넌 조금도 나이를 먹지 않는 것 같아."

"네가 터무니없이 늙고 있는 중이지."

"쳇. 양심도 없지. 언제 세상 밖으로 나올 거야? 나 혼자로는 점점 힘에 부쳐."

"엄살은."

조나단이 속한 월가는 전쟁이 끊임없는 곳이다.

그는 작년엔 중소 은행들을 통합하는 인수전을, 이제는 구글의 공동 지분 소유자이자 대표 주간사로 상장전을 지휘하고 있다.

조나단의 피부가 부석한 것은 그 때문이었다.

불쌍한 조나단.

이십 대에 각성했으면 젊음을 유지했겠지만, 그는 시작의 날에서나 각성한다.

그가 얼굴의 물기를 닦으며 내 앞에 앉았다.

"그때 구글에 투자해 둔 건 신의 한 수였어. APE가 그렇게 무너지고, 구글이 인터넷 시장을 주도할 줄은 아무도 몰랐지. 썬, 너 외에는. 덕분에 나는 주름만 늘고 있고."

그때도 조나단의 핸드폰은 시끄럽게 울리는 중이었다.

조나단은 핸드폰을 던져 버릴 듯 노려보다가, 한숨과 함께 전원을 끄는 것으로 자신의 감정을 짓눌렀다.

"사람 참 귀찮게 구네."

"누구야?"

"왜 있잖아. 돈이라면 사족을 못 쓰는 것들."

꼭 나를 지칭하는 것 같지만 아니다.

월가의 대형 투자 은행들을 말하는 것이었다. AP머건이나 실버만 같은.

그들도 빌더버그 클럽의 한 자리를 차지하고 있다.

"구골의 기업 공개(IPO)가 월가의 전통적인 규칙에 반한다나, 어쨌다나. 누가 그걸 몰라서 그래? 구골 녀석들에게는 씨알도 안 먹히니까 이제는 나한테 지랄이야."

사실 의외였다.

조나단 또한 구골의 기업 공개 방식을 찬성할 줄은 몰랐다.

전통적인 기업 공개 방식은 주간사들이 잠재적인 투자자들을 조사해 공모주의 가격과 수량을 결정한다. 그러나 구골은 전통적인 방식을 거부했다.

수요 예측 방법이 아닌 경매 방식을 채택한 것이다.

이는 명백히 기업 공개를 장악하고 있던 월가 투자 은행들의 전통과 권위에 대한 도전이었다.

벌써부터 그런 말들이 떠돌고 있긴 하다.

실리콘 밸리 대 월가의 대결이라는 둥, 서부 이상주의 대 동부 월가 기득권의 충돌이라는 둥.

그런데 아이러니한 점은 이제 조나단 투자 금융 그룹이 월가의 상징이나 다를 바 없다는 데에 있었다.

그래서 월가 대 조나단 투자 금융 그룹의 대결이라는 말도 도는 중이다.

조나단 투자 금융 그룹은 어쨌거나 투자 회사다.

구골의 오십 프로 지분을 가지고 있는 것을 논외로 치더라도, 투자 회사 본연의 목적대로 구골 창립자들의 등에 빨대를 꽂아 골수를 쪽쪽 빨아 대야 했다.

예컨대.

전통적인 기업 공개 방식대로 주식 상장 총액의 10%에 육박하는 수임료도 챙기고, 관행적으로 일정 지분을 사전에 배정하는 특혜를 이용하여 보유 지분을 더 늘릴 수도 있었다.

조나단이 그걸 거부했던 건, 오사카의 던전을 지키고 있던 어느 날이었다.

그날 조나단은 내 의향을 물어 왔다.

자신은 구골의 기업 공개 방식을 지원해 주고 싶은데, 내 생각은 어떻냐면서.

"……."

나는 조나단의 얼굴을 골똘히 쳐다보았다.

한 시간에 수천 달러 하는 마사지로도 지워 내지 못한 스트레스가 그의 얼굴에 찌들어 있었다.

"월가 전체에 칼을 빼 들었어."

내가 말하자 조나단은 피식 웃었다. 그의 고개가 천천히 끄덕여졌다.

"썬. 이라크 전쟁이 막바지에 이르렀다. 사태가 수습된 후, 백악관은 가만히 있지 않겠지. 뻔하지 않아? 우리를 가르치려 들 거야, 그 자식들은."

우리나라의 IMF와 비슷한 상황이다.

그 환란 속에서 전일 그룹이라는 악종이 탄생해 버렸듯.

미 정부가 테러와의 전쟁을 벌이고 있는 동안, 우리의 뉴욕 그룹은 중소 은행들을 집어삼키며 미 정부의 악종이 되어 버렸다.

미 정부는 우리 그룹에 누누이 경고해 왔었다. 은행업에 진출하지 말라고.

"세무 조사를 벌이면서 동시에 월가를 움직이겠지. 그러니까 썬, 이건 우리가 내리는 경고야. 우리 그룹을 도모하려 했다간, 우리부터가 월가 전체의 전통들을 하나하나 박살 내 놓겠다는 경고. 그러니 절대 실패해선 안 돼."

순간 조나단이 헌터 시절의 눈빛을 띠었다.

그는 무장되어 있었다.

지금 이대로 시작의 장에 돌입해 스킬이나 특성 따위가 없더라도, 그는 충분히 살아남을 수 있을 듯 보였다.

조나단이 마침 생각났다는 듯이 핸드폰을 들었다. 꺼 둔 것을 다시 켠 그가 입술로만 뻐끔해 보였다.

베리.

최근 에이팟으로 과거의 명성을 회복하고 있으며, 몇 년 후 에이폰을 출시하며 스마트폰 시장을 주도하는 그 기업 말이다.

조나단은 베리의 창업자에게 연락하고 있었다.

"납니다. 조나단. 어제 자 인터뷰 봤습니다. 같은 실리콘 밸리의 기업으로서 어떻게 그럴 수가 있습니까. 구골의 IPO를 '실패할 것'이라고 어떻게 단정 지을 수 있냐는 말입니다."

안타깝지만 그게 일반적인 시장의 반응이다.

모두가 구골과 우리 그룹이 월가의 전통을 이기지 못할 거라 보고 있다.

"실력 행사? 뭐, 그렇게 보십시오. 실망스럽기 짝이 없군요. 다시 심사숙고할 시간을 드리겠습니다. 늦지 않았습니다."

조나단은 몇 군데 더 연락을 돌렸다.

우리의 뉴욕 그룹이 최대 주주로 있는 IT 기업들의 경영진들은, 조나단의 독설을 피할 수 없었다.

걱정이 드는 것도 사실이었다.

왜냐하면 시장의 반응은 지극히 정상이기 때문이다.

기존의 역사에서 구글의 IPO는 실패했다.

큰 상장 규모에도 불구하고, 모으려 했던 투자금의 절반이 조금 넘는 자금만 조달할 수 있었으며.

공모가도 애초에 정한 100달러 선에서 80달러 선으로 추락했었다.

그건 참패였으며 또 월가의 전통적인 룰에 대항한 대가였었다.

이번에는 어떨까.

구글의 기업 공개는 월가와 실리콘 밸리를 병적인 흥분 상태로 몰아넣었다. 기존 역사에서도 그랬지만 지금 그 주목도는 몇 배나 높다.

조나단 투자 금융 그룹의 이름으로 프리미엄이 붙었으며.

우리가 구골에 밀어 넣은 2천만 달러의 투자금으로, 구골의 창립자들이 기업 역사를 상당히 앞당겨 놓았기 때문이었다.

본 시대 약 30억 달러였던 이 시기의 매출액은 100억 달러를 뛰어넘었다.

구골의 성장세를 가장 잘 볼 수 있는 부분은 단연 직원 수로, 5천 명 이상의 IT 엘리트들을 확보한 구골이었다. 그들은 닷컴 버블 때 실업자가 된 엘리트들을 흡수해 댔었다.

투자자들의 수요가 기존의 역사보다 훨씬 강하다.

그러니 금번의 IPO는 성공할 수 있지 않을까?

아니, 확신할 수 없다.

이러니저러니 해도, 우리 뉴욕 그룹은 구골의 공동 지분 소유자이자 IPO를 진행하는 대표 주간사로서 최전선에 있다.

조나단이 먼저 시작하고 내가 지원해 준 전쟁이다. 절대 져선 안 된다. 그랬다간 우리가 약해 보일 것이다.

"만일 실패해도 실패한 것처럼 보여선 안 돼."

내가 말했다.

그건 최후의 수단이다.

구골의 IPO가 실패의 흐름을 타는 순간, 기존의 유령 회사들로 지분 경매에 개입하는 것이다.

"무슨 말인지 알겠군. 하지만 그랬다간 네 유령 회사들을 고스란히 꺼내 보여 주는 꼴이지. 그래선 안 돼."

우리는 구골의 발목을 붙잡는 한이 있더라도 IPO를 승인하지 않을 수 있었다.

그런데도 했다.

월가에 경고를 내리기 위해서.

우리에게 도전했다간 지금처럼 너희들의 전통들을 깨부숴 놓겠다고!

"그런가. 썬, 넌…… 실패할 수도 있다고 보는군?"

조나단의 표정이 굳어졌다.

"실패해선 안 된다는 거다. 우리가 먼저 시작한 싸움이야. 로드쇼(투자 설명회)에서 IPO 주식 물량을 얼마나 잡았지?"

"2천 570만 주."

"많은데?"

"기존 계획 물량보다 늘렸어."

"갑작스럽게 주식 물량을 늘리는 건, 투자자들의 신뢰를 잃기에 충분해. IPO 규모가 크다고 해서 투자자들이 무조건 몰리는 건 아니지. 지금이라도 철회할 수 없나?"

"곤란해. 계산도 끝났고 구골 녀석들도 꼴통 머저리들이야."

"할 수 있어, 없어?"

"없어. 네가 이렇게 걱정할 줄은 몰랐군. 승인할 때는 그렇지 않았잖아."

"필요했으니까. 너는 틀리지 않았어. 다만 반드시 이겨야 한다는 거지."

조나단은 틀리지 않았다.

지금 시기가 제격이었다.

그의 말마따나 이라크 전쟁이 종결되고 나면, 백악관은 월가를 앞장세워 우리를 공격해 들어올 것이다.

월가에는 경고가 필요하다.

조나단이 말했다.

"음. 그렇다면 강력한 호재 한 방이 필요하겠군. 프리딕트 어때?"

며칠 후.

나노 소프트 다음으로 거대한, 세계 2위의 소프트웨어 회사.

프리딕트가 구골에 빅딜을 제안했다는 소식이 일파만파로 퍼졌다.

공시로 올린 것도 아니거니와, 그런 거래가 오고 간다는 찌라시 정도에 불과하지만, 시장의 반응은 격렬했다.

시장을 장악하고 있는 것의 무서운 점은 바로 이런 부분에 있다.

프리딕트가 우리 것이라는 사실이 감춰져 있는 이상, 프리딕트가 구글에 제안한 거래는 주가 조작 시도가 아닌 정상적인 업무일 뿐이다.

조나단은 뉴스를 보며 음흉하게 웃었다.

나도 그런 미소였을 것이다.

조만간 월가 녀석들은 누가 월가의 진짜 주인인지 깨닫게 될 거다.

＊　　　＊　　　＊

노트북 두 대를 놓고, 나도 구글의 IPO에 뛰어들 준비가 끝나 있었다.

한 대는 나선후의 명의로 열어 둔 해외 주식 거래 계좌를 (어머니는 여전히 그 계좌 속의 돈을 한 푼도 쓰지 않으셨다).

다른 한 대는 만일의 사태에 대비한 30억 달러짜리 병사를.

〈 시작됐어. 〉

스피커폰으로 조나단의 흥분된 목소리가 튀어나왔다. 그는 구골의 창립자들과 함께 뉴욕 증권 거래소 안에 있었다.

꽤나 시끄러웠다.

관례대로라면 월가는 저가에 사들인 구골의 주식으로 그들만의 잔치를 벌여야 했지만, 우리는 처음부터 그들을 배척했다.

그들이 저주를 퍼붓는 소리가 다 들리는 듯했다. 그들이 내뱉는 신음 소리도 다 들리는 듯했다.

월가의 중대한 전통 하나가 박살 나느냐, 마느냐의 기로에 놓인 것이다.

그때 나도 키보드를 두드렸다.

「 250달러. 300주. 」

이 시각, '나선후' 같은 개인 투자자들이 입찰에 참여하고 있다.

오늘의 라운드가 끝나길 기다렸다. 총 열흘간 10라운드로 진행된다.

우연희, 믹, 레볼루치온, 투모로우를 돌아가며 향후 일정들을 조율하던 그날 오후, 그날의 라운드가 종료되었다.

첫날 결과에서 나선후는 따내지 못했다.

1라운드의 최종 마감 가격은 260달러.

그날부터 매 라운드 가격이 하락 폭 없이 치솟아 대기 시작했다.

2라운드 280달러, 3라운드 312달러, 4라운드 340달러 그리고 5라운드에선 400달러를 돌파했다.

구골의 IPO는 지금까지는 대성공.

우리의 승리가 목전에 이르러 있었다.

그러나 시장의 흐름이 언제 역전될지는 아무도 모르는 일.

최종 라운드가 끝날 때까지, 호텔 객실에 머물러야 한다.

＊　　　＊　　　＊

자동차를 타고도 한참을 들어가야만 하는 드넓은 부지.

AP 머건 그룹의 회장 제리 D 윌리엄스를 태운 차량이 그곳을 깊숙이 파고들었다.

제리는 차에서 내리자마자 걸음을 서둘렀다. 한 노인이 그를 기다리고 있었다.

노인의 목소리는 힘이 없고 쓸쓸했다.

눈빛도 그러했다.

마치 시체 같은 몰골로 휠체어에 위태롭게 앉아 있는 이 노인을 마주할 때면, 제리는 항상 유령을 대하는 느낌을 받았다.

노인은 한 마디만 남기고 의료진들과 함께 사라졌다.

실망했다고.

곧 노인의 실질적 후계자인 노아가 모습을 드러냈다.

"노아…… 면목이 없군."

노인의 질책이 있었던 탓에, 제리는 꽤 풀이 죽은 모습이었다.

"구골의 10라운드 마감가가 500달러를 넘었습니다. 그들이 월가의 전통을 깨트리고 있는 것에 대한 감상이 어떻습니까."

"조나단 그룹을 배척하는 것만으로는 능사가 아닐세. 그들이 시장을 주도하고 있다는 것을 인정해야만 하네."

제리는 그 말만큼은 해야 한다고 생각했다.

조나단 그룹이 구골의 IPO를 통해 월가에게 전하는 뜻은 명백했다.

보라. 우리는 언제든지 월가 전체와 싸워도 이길 자신이 있다. 그러니 우리를 건드릴 것이라면, 마땅한 각오를 해둬야 할 것이다!

그런 뜻이다.

오만하지만 그들은 그럴 수 있었다.

"조나단 그룹의 협조 없이는 시장을 통제할 수 없는 지경에 이르렀네. 나선후의 태생을 문제 삼기엔, 늦어도 한참 늦었단 말일세. 이번 경우만 해도 그래. 구골을 내세워서 월가를 공격하고 있는 이유가 뭐겠는가. IPO 성패 따위를 말하고 있는 게 아닐세. 난, 우리들의 질서를 말하고 있는 거네."

나선후의 태생을 무시하고 조나단 그룹을 진즉 끌어안았다면.

그랬다면 이 지경까지 오지도 않았다.

제리는 생각할수록 분했다.

수치스러운 한편, 보복을 차단한 그것들의 메시지가 더욱 그러했다.

"이번 연도 빌더버그 클럽은 어땠습니까?"

뜬금없는 물음이었다.

제리는 노아도 뻔히 아는 그것을 묻는 저의를 알지 못했다.

"최악이었네. 영국 회원들과 유럽 회원들은 우리를 공격하기 바빴지. 그리고는 본인들끼리 내분을 일으키다, 불미스러운 사건까지 터진 게야."

지금은 없는 사람이 되고 만 카산드라.

제리는 그녀가 난동을 피웠던 모습과 로트실트 가문의 객실에서 보았던 처참한 광경을 떠올렸다.

세계에서 가장 위대하고 비밀스러운 장소에서 일어난 일이라곤……

지금도 믿기지 않는 일이었다.

그때 노아가 제리의 상념에 끼어들었다.

"역시 제리는 듣지 못했군요. 조금 더 노력하셔야겠습니다. 제리는 회원들의 신뢰를 얻지 못하고 있습니다."

"뭘 말인가."

"그 내분을 지휘한 배후로, 로트실트 가문에서는 나선후를 지목했습니다."

"나선후를?"

"그가 올해로 18세인 걸 아십니까?"

"그건 알고 있네만."

조나단 투자 금융 그룹은 6년 전 아시아 외환위기 때 태동했다.

즉, 나선후는 불과 12세의 나이에 자본 세계로 뛰어든 것이었다.

그 사실은 카산드라가 빌더버그 클럽에서 난동을 벌인 것만큼이나 믿기 힘든 일이었다.

"나는 나선후가 실존 인물이라 생각하지 않네. 알지. 나선후라는 18세의 한국인이 존재한다는 것은…… 하지만 위장이라는 말일세. 내 누누이 말해 왔던 게 그거네. 빌더버그 클럽으로 데려다 놓으면 견딜 수 없지 않겠는가."

"몇 년 전에 시도는 있었습니다. 빌더버그 클럽으로가 아닌 세상 밖으로 끄집어내려 했었죠."

"그랬지. 하지만 그때도 그들은 전투적이었다고 들었네."

"그랬습니다. 에드는 나선후가 위장이 아닐 거라고 확신하더군요."

에드, 재무 장관의 이름이다.

"그건 처음 듣는군. 나선후가 위장이 아니라면 6년 전의 12세 소년이 조나단 투자 금융 그룹을 일으켰다는 것인데, 그게 더 믿기 힘든 소리네."

"천재라고 칩시다. 어쨌든."

생각해 낼 수 있는 연결 고리는 그것밖에 없었다.

"나선후가 내분을 주동했다는 증거는 또 있습니다. 심증이 아니죠."

제리는 귀를 기울였다.

"콜튼 위원장이 골드슈타인 가문의 핵심 사업들을 타 법인으로 이전시키고 있습니다. 전일 그룹이라고 들어 보셨습니까?"

"전일 그룹…… 나선후와 같은 한국계 자금이군. 거기였나?"

"유럽 회원들 간의 내분이 일어나던 무렵, 한국에서는 '전일 게이트'라는 사건이 터졌습니다. 전일 그룹의 태생을 의심했던 사건이었습니다. 저도 자체적으로 조사를 해보았습니다. 보시죠."

노아는 서류 파일을 꺼내 제리에게 건넸다.

제리가 그것을 확인하는 시간이 길어졌다.

"완벽하게 숨겼군."

제리는 나선후의 과거 출입국 기록과, 조나단 그룹의 성장을 대조했다. 일치했다.

"나전일의 아들. 나선후라…… 하지만 이 기록만으론 할수 있는 게 없네. 작정하고 숨겨 들어온 자금일세. 세상에나, 감탄밖에 안 나오는군. 엮어 넣을 수 없어. 이게 열두 살짜리 소년의 작품이라니."

"중요한 건, 조나단 투자 금융 그룹은 나선후에 의해서 굴러간다는 사실입니다. 나선후가 지휘관입니다, 제리."

"한데 무엇이 달라지나. 조나단 그룹이 이만큼 성장하기 이전에도 백악관에 공격적으로 나왔던 자들일세. 때리면 흥분하고 달려들지. 이번 IPO로 그자들이 보내온 메시지를 무시한다면……."

제리의 고개가 천천히 저어졌다.

"골드슈타인이 몰락했네. 그 골드슈타인이 말일세. 다른 가문들은 협조하지 않으려 할 걸세. 그것만큼은 장담할 수 있지. 노아. 이번에는 월가가 무너질 수도 있어. 인정하고 싶지 않겠지만 인정해야 되네. 내가 뛰어온 것도 그 때문일세. 자네를 막기 위해서."

한꺼번에 많은 말을 쏟아 낸 제리는 목이 타들어 갔다. 노아의 반응이 영 미적지근했기 때문이었다.

"월가가 무너지다니요. 왜 이리 약해지셨습니까. 그리고 월가가 무너지면 조나단 투자 금융 그룹도 무너지는 겁니다. 그들이 백악관에서 열불을 내던 때와는, 상황이 달라졌습니다. 그들은 여기에서 전쟁을 일으킬 수 없습니다."

"그래서. 하겠다는 건가?"

"그럴 순 없지요. 말씀드렸다시피 상황이 달라졌습니다. 메시지도 있고. 하지만……."

"하지만?"

"그래도 나선후만큼은 더 이상 날뛰도록 내버려 둘 수 없습니다. 그 아시안을 몇 년 동안만이라도 가둬 둘 수 있다면, 조나단 혼자서는 감당할 수 없는 일들을 만들어 낼 수 있습니다. 다시 말씀드리지만 조나단 투자 금융 그룹의 지휘자는 나선후입니다."

제리가 순간 떠올린 단어는 납치였다.

골드슈타인의 여 가주가 실종된 사건으로 세상이 시끄러운데, 또 그런 일이 일어나선 안 된다.

그게 제리의 결론이었다. 제리가 반대를 말하려 할 때였다.

"물론 영원히 사라져 버린다면 더할 나위가 없겠지요."

"노아!"

제리가 순간 움켜쥔 주먹이 바들바들 떨렸다. 비참했기 때문이었다.

자신의 처지가 예상했던 것보다 최악이었다.

살인 같은 범법 행위나 지시받고 있는 꼴이라니.

아시아 외환위기에서 큰 손실을 봤다. 러시아발 금융 대전에서도 큰 손실을 봤다. 작년에는 석유 카르텔 그룹에서도 아웃당했다.

모기지론 시장을 간신히 나눠 먹고 있긴 하지만. 하지만!

제리는 카산드라가 보였던 광기(狂氣)가 이해됐다.

"……내게 이럴 순 없네. 나는 어르신께 헌신을 다했어."

"어쩌다 우리가 이렇게 되었습니까. 이 지경까지 온 것은 저도 유감입니다만, 아시안 녀석은 사라져야 합니다. 너무 컸다는 데 제리도 공감하실 겁니다."

"어르신께선 아시나?"

대답이 없었다.

"맙소사……."

제리는 다리에 힘이 풀리고 말았다.

세계를 쥐락펴락하는 대가문에서 고작 살인으로 일을 해결 보려 하고 있다. 그것도 어르신이 직접 내린 명령이었다.

"아시안 녀석이 뉴욕에 들어와 있습니다. 어떻게 하시겠습니까."

"……죽일 수 있을지언정, 그래서는 패배를 인정한 꼴과 마찬가지네. 어르신과 나 같은 구(舊)시대는 졌지만 노아, 자네는 지지 말게."

＊　　　＊　　　＊

"AP 머건 그룹의 회장 겸 최고경영자 제리 D 윌리엄스가 전격 사임함에 따라 금융 업계에 대대적인 격동이 일 것으로 예상됩니다. CEO 사임과 관련해 제리 D 윌리엄스는 성명을 통해 '이사회의 의견을 존중하며, 경영 전략을 놓고 이사회와 이견이 있었다.'고 밝혀 사실상 해고되었음을 시사했습니다."

패배자 한 명이 전장에서 이탈됐다.

"제리가 이렇게 떠나네요?"

콜걸이 나와 텔레비전을 번갈아 쳐다보며 말했다.

그녀는 늘씬한 다리를 자랑하듯, 내 주위를 서성거리고 있었다.

구골 창립자 둘과 조나단. 그렇게 우리 넷이서만 벌인 자축연에서 데려온 고급 콜걸이다.

"그나저나, 아시아인이 월가에서 성공하기 어려웠을 텐데요?"

히스패닉계인 그녀는 동병상련이라도 느끼는 양 아양을 떨며 안겨 왔다.

"그쪽은 어떻게 성공했는데?"

"일단 미모가 받쳐 주잖아요. 당신은 몸매가 받쳐 주고."

"그리고?"

"공부도 많이 했어요. 당신만큼은 했을 거 같은데요? 하지만 당신에 대해서는 들어 본 적이 없어요. 왜 난 당신을 처음 보죠?"

"월가에 대해서 잘 아는 모양이네."

"우수한 고객들인 걸요. 어쨌든 기분이 좋은 고객들과의 만남은 언제나 즐거운 법이죠. 오늘 파티는 끝내줬어요. 축하해요. 억만장자 씨."

그러면서 그녀가 날 유혹하듯 내 귓가에 뜨거운 숨결을 불어 넣었다.

속삭이는 소리도 함께였다.

"나도 구골에 투자했어요. 투자자를 소중히 다뤄 주실 거죠?"

구골의 상장은 기존의 방식과는 많이 다른 경매 형식으로 진행되었고, 거기에 참여했다는 건 그녀가 적극적인 시장 참여자란 뜻이었다.

공부를 많이 해 왔다는 건 거짓말이 아니었다.

하지만 오늘 밤은 숫자를 다루는 밤이 아니다.

"그거 힘들겠는데. 오랫동안 참았거든."

"거짓말. 그럴 사람으로 안 보여요. 이런 탄탄한 몸매로."

"두고 보면 알겠지."

"꺄!"

순식간에 들어 올려진 콜걸은 놀란 눈을 부릅떴다가, 침대 위에서 자지러지게 웃었다.

피부에 브론즈 박스 같은 구릿빛이 감도는 매력적인 여자다.

제 미모를 이용할 줄 알며, 월가에서 살아남기 위해 그다운 공부도 해 왔다. 하룻밤에 수만 달러나 하는 콜걸로 성공한 것은 우연이 아닐 것이다.

그녀가 배시시 웃으며 상의를 벗고 있을 때였다.

"왜요?"

"위스키가 부족해."

그렇게 대꾸하며 일어섰지만, 청각에 걸려든 게 있었다.

여러 사람들의 발자국 소리다.

나는 가운 차림으로 문 뒤에 서서 그들을 기다렸다. 어차피 객실은 어지간한 저택 규모로 넓어서, 콜걸은 내가 어디서 무얼 하고 있는지도 몰랐다.

누굴까.

믹의 조직원들을 부른 기억은 없는데.

그들이 정확히 내 객실 문 앞에서 멈춰 섰다.

고도로 훈련된 자들.

셋.

그들이 내 소중한 하룻밤의 일탈을 방해하고 있었다.

허락도 없이.

Chapter 8.

　믹의 조직원들이 사전 각성자들의 위치 탐색기를 수거하고, 투모로우는 그들을 직원으로 영입하기 시작했다.

　남은 암살 퀘스트는 29개.

　날이 지날수록 퀘스트도 덩달아 취소되며 지도 창에서 반짝이는 사전 각성자들의 일점(一點)들도 지워지던 때였다.

　참고로 북미 지역에 있었던 점들은 다 지워진 상태다. 그러니 한밤에 날 찾아온 이들은, 시스템의 명령을 이행하고 있는 자들이 아니었다.

　콜걸에게 돌아와 침대 밑을 가리켰다.

"침입자가 있다. 괜히 휘말리고 싶지 않거든, 나오지 마."

"장난치지 말아요."

콜걸은 장난스럽게 웃었다. 뉴욕 최고급 호텔의 로얄 스위트 룸에 침입자라니, 콜걸이 그렇게 받아들이는 건 무리도 아니었다.

정말 그들이 문을 따고 들어온다면 실로 대담한 자들일 것이다.

내게서 대답이 없자 콜걸의 눈이 부릅떠졌다.

그때 그녀의 확장된 동공에는 무표정한 내 얼굴이 맺혀 있었다. 그녀가 침대 테이블에 올려진 객실 수화기로 손을 뻗었던 것도 그때였다.

그녀의 손에서 수화기를 낚아채 제자리에 돌려놓았다.

"쉿."

작지만, 객실 문의 잠금장치가 풀리는 소리가 들렸다. 콜걸에게 뇌까렸다.

"움직여."

콜걸은 겁을 먹었다. 하지만 영민하게 움직여 침대 밑으로 빠르게 사라졌다.

"눈 감고 귀 막아."

그녀는 시키는 대로 했다.

침입자들은 넓은 거실을 지나쳐 침실 쪽으로 접근하고 있던 중이었다.

초호화 호텔에 무장 강도가 침입해 어느 투숙객의 보석과 현금을 털어 갔다는 기사를 본 적이 있었다.

그러나 사생활이 완벽히 보장되어야 할 초호화 호텔 객실에는 CCTV가 없었고, 투숙객과 호텔의 경호원들은 그때 무엇을 하고 있었냐는 등의 점을 들어 자작극 의심을 받은 사건이었다.

오성급 이상의 호텔에서 무장 강도라? 일반적으로 납득이 되지 않는 일이 맞다.

내 객실에 침입한 자들이 그러했다.

그리고 그들은 대담하게도 복면을 착용하지 않았다.

여느 VIP 투숙객들과 다름없는 근사한 양복 차림이되, 그들의 손에는 소음기가 부착된 권총이 들려져 있다는 점만 달랐다.

그들은 프로다. 강도 따위가 아닌, 살인을 업으로 삼는 자들이다.

의심할 여지가 없다. 타깃은 나다. 누군가 청부한 것이다.

나를 찾아 은밀하게 움직이는 그들의 뒷모습을 지켜보며, 나는 심각한 고민에 빠졌다.

일단 조슈아는 용의 선상에서 지워졌다. 고작 민간인 청부업자들로 나를 도모할 수 없다는 건, 너무나도 잘 알 테니.

조나단?

불과 한 시간 전에 우리는 함께 일탈을 즐겼다. 그리고 애초부터 파트너로 조나단을 선택한 이유가 바로 이런 일이 없을 거라 믿었기 때문이었다.

제이미?

그녀는 나를 두려워하고 있다. 신변의 위험도 느끼고 있다.

우리나라를 장악한 전일 그룹의 총수로서 청부업자를 고용할 수 있을 만한 권력과 돈 그리고 인프라가 있다. 하지만 그녀는 아둔하지 않다.

내가 증발해 버린다면, 그녀가 누려 왔던 것들도 함께 증발되는 것이다.

청부업자들이 내 쪽 사람들의 배신으로 온 것 같지는 않다.

그렇다면 세 가지 경우다.

놀랍게도 우리나라 정부가 전일 그룹의 실제 주인을 파악했을 경우. 백악관에서 움직였을 경우. 그리고 마지막은 어처구니가 없을지언정, 그 둘이 아닌 라이벌 관계의 세력

일 경우다.

그들의 공통점은 초호화 호텔에서 일을 벌여도 무마시킬 능력이 있다는 것이다.

스윽.

녀석들의 뒤로 접근했다. 녀석들은 내가 바로 뒤에서 제 뒤통수를 노려보고 있는 것도 모른 채 침실로 이동 중이다.

그들에게서 기분 좋은 떨림이 느껴졌다. 긴장을 유지하며 돌발적인 상황에 대처하려는 움직임이 바로 그것이다.

그렇게 한 녀석이 제 후방을 확인하던 찰나, 녀석은 나를 발견하고야 말았다.

객실을 지저분하게 만들고 싶지 않았다.

뒤처리가 성가시다.

그래서 데비의 칼날로 그것들의 목을 날릴 생각도, 오딘의 분노로 폭사시켜 버릴 생각도, 단순 근력으로만 두개골을 박살 낼 생각도 없었다.

공포를 자아내기엔 그토록 압도적인 광경만큼 좋은 게 없겠지만, 일단 깨끗하게 움직였다.

쉐아악—!

나를 발견한 녀석의 목뿐만 아니라 옆의 녀석의 목도 움켜쥐었다.

"읍!"

남은 한 녀석은 다리를 걸어차서 쓰러트린 다음, 그 목 또한 짓밟았다.

녀석들은 본인들도 의식하지 못한 사이 총을 떨어트렸다.

녀석들은 이미 순간 숨통을 죄어 오는 굉장한 압력에 사지를 떨고 있었다. 마치 간질이 도지고 만 유대인 회계사처럼 말이다.

한 녀석의 숨통만 트여 놓았다. 비로소 녀석의 눈깔이 정신을 차렸다.

툭.

내가 한 손을 풀자, 숨이 멎어 버린 몸뚱이가 하나가 무겁게 떨어졌다. 그 시신은 발을 치운 시신 위로 겹쳐졌다. 살려 놓은 한 녀석의 눈깔은 그러한 광경을 경악스럽게 바라보고 있었다.

"조금 후에 보자."

녀석에게 뇌까렸다.

딱 기절할 정도로만 악력을 높였다가 바닥에 내동댕이쳤다.

고도로 훈련받은 프로라 할지라도, 그래 봤자 민간인일 뿐이다.

콜걸에게 돌아왔다.

나와도 괜찮다는 말에, 그녀의 얼굴이 먼저 느릿하게 나
왔다.

겁에 질린 여자를 앞에 두고 시간을 오래 끌고 싶지 않았
다.

그때 나는 콜걸이 벗어 둔 외투에서 지갑을 꺼내, 그 안
에서 운전면허증을 꺼내고 있었다. 그 부분에 대해선 따로
언급하지 않았다.

영민한 콜걸은 내가 왜 그녀의 신분증을 빼냈는지 모를
리가 없을 테니까.

"넌 오늘 밤 여기에 없던 거다."

콜걸은 사정없이 고개를 끄덕였다. 그녀의 시선은 내 어
깨 너머로 쓰러져 있는 녀석들에게 향해 있었다.

"어쨌든 미안하게 됐군. 한동안 쉴 수 있도록 해 주마.
계좌 남겨 놓고 가."

그녀가 메모지에 남긴 숫자는 삐뚤빼뚤, 두려운 흔적이
역력했다.

콜걸이 떠났다.

객실 안은 언제 그랬냐는 듯 정적에 휩싸였다.

*   *   *

믹의 조직원들이 창고로 이용하는 사설 컨테이너 안에는
정부의 허가를 받지 않은 무기들이 박스째로 쌓여 있었다.

녀석은 그 박스 중 하나에 기대진 채로 묶여 있다.

짜악!

따귀를 때리자 녀석의 눈이 천천히 떠졌다.

상황을 계산하기 위한 눈깔의 움직임은 당연했다.

곧 낡은 할로겐 불빛 하나에 의지하고 있는 이곳, 어느
컨테이너 박스 안이라는 것을 깨달은 얼굴이 됐다. 녀석의
눈살이 찌푸려졌다.

물론 녀석의 입술은 굳게 닫혀 있었다.

"잘 잤나?"

녀석은 비장했다.

흡사 테러리스트에 붙잡힌 애국자 군인 같이 굴지만, 천
만에. 그냥 더러운 청부업자다. 녀석에게는 적에게 붙잡혔
을 때를 대비해 지니고 다니는 국방부 서류 같은 건 존재할
수도 없었다.

녀석과 죽은 녀석의 동료들은 총 하나만 가지고 침입했
다.

내가 말했다.

"눈치 챘겠지. 널 살려 둘 마음이 없다. 넌 여기서 죽는
다. 다만 고통스럽게 죽느냐, 고통 없이 죽느냐는 네 녀석

하기에 달렸지."

나도 고문을 당해 본 적이 있고, 그 반대의 역할을 해 본 적도 있었다.

하지만 이렇게 훈련받은 녀석들에게 고문은 그다지 효과가 없다.

효과를 봐야 한다면 오랜 시간 공을 들여야 한다.

내가 분노한 까닭은 거기에 있었다.

내 목숨을 노리고 있는 누군가가 있다는 것보다도, 잊고 싶은 기억들을 자꾸만 들추는 이 상황 자체가 힘들었다.

어쨌든 녀석 같은 민간인에게는 고문보다 더 충격적인 방법이 존재했다.

현실을 파괴하는 거다.

"고용주가 누구냐."

"⋯⋯."

"당연히 그렇겠지. 일단 팔다리를 잘라 놓고 시작할까 했지만, 내 손을 더럽히고 싶지 않군. 넌 필요 없다. 이번이 끝이 아닐 테지."

[지배의 반지를 개방 하였습니다.]

[포획물: 데클란 전사장]

그것은 지옥을 뚫고 나온 것처럼 등장했다.

화염처럼 이글거리는 두 눈이며, 죄인들을 고문할 때 쓰이는 낫과 같은 손톱이며, 자비라고는 하나 없을 도살자의 이빨이 그러했다.

몬스터는 내 명령을 기다렸다.

손가락질 한 번이면 녀석은 실제로 도축업자의 도살대에 놓인 신세가 되는 것이다.

몬스터가 제자리에서 허리를 펴자 컨테이너 천장에 박힌 할로겐 등도 흔들렸다.

끼익끼익.

낡은 소리를 내는데, 녀석에게는 시체들의 무게에 흔들리는 추 소리나 다를 바 없는 것 같았다. 녀석의 얼굴이 새하얗게 질렸다

내가 등을 돌리는 순간, 녀석이 비명을 토하듯 소리쳤다.

"가, 가지 마! 날 여기에 두지 마. 씨…… 발…… 이, 이, 이, 괴물은 뭐야!"

"네 고용주는 설명을 제대로 못 했겠지. 무엇을 상대하고 있는지도 몰랐을 테니까. 그게 네 녀석의 불행인 것이지."

"머건이야! 머건 가문이라고!"

"뭐가."

"나, 난, 그 자식들의 청소부야! 그러니까 제발 치워 줘 어어……."

녀석은 더 이상 볼 수 없다는 듯 눈을 감았다.

녀석은 그래야만 했다.

인육을 즐기는 데클란 종족 중에서도 높은 등급의 몬스 터가 살의(殺意)를 드러내고 있었다. 그걸 맨정신으로 견딜 수 있다면, 녀석이야말로 타고난 것이다. 하지만 그럴 수 있는 민간인이 얼마나 될까.

녀석은 눈을 감은 채로도 눈꺼풀을 바들바들 떨어 댔다. 그런 녀석의 손에 핸드폰을 쥐여 주며 말했다.

"걸어 봐."

녀석은 간신히 눈을 뜨고서 핸드폰만 노려보았다.

절대 몬스터를 보지 않겠다는 듯.

그러나 녀석의 간절한 바람에도 불구하고 연락이 닿지 않는 것이었다.

"사, 사실이야. 믿어 줘."

녀석은 절박했다.

"믿어 주지."

　　[지배의 반지를 사용 하였습니다.]

　　[대상: 데클란 전사장]

[포획에 성공 하였습니다.]

잠시 이 공간을 장악했던 우리의 견졸께선 악취만 남기고 사라졌다.

녀석이 힘없이 쓰러졌다. 몸이 묶인 채로 컨테이너 바닥에 얼굴을 대고선 가쁜 숨만 내쉬기 시작했다. 그것도 잠깐이었다.

비로소 견졸이 남겨 놓은 악취가 맡아지는 것인지, 헛구역질로 꺽꺽거렸다.

그런 녀석을 향해 말했다.

"억울해할 것 없다. 네 녀석의 고용주도 뒤따라 보내 주지."

고통 없이 보내 주겠다는 약속을 지켜 준 후 차로 돌아왔다.

시동을 거는데.

"큭."

짧은 웃음이 터져 나왔다. 어처구니가 없었기 때문이었다.

여러 가문에 청소부가 존재하는 이유는 정적을 제거하기 위함이 아니다.

그들이 폭력을 쓰는 경우는 한정되어 있다.

청소부.

문자 그대로 쓰레기를 치우는 자들이지 않은가.

쓰레기에 가까운 인간들, 죽여도 아무도 관심을 주지 않는 인간들을 대상으로 하는 것이다.

가문의 혈족에게 마약을 파는 판매꾼, 혈족의 하룻밤 일탈에서 돈 냄새를 맡은 창녀 같은 인간들에게나 가문 청소부를 보내는 것이지, 나를?

조나단 투자 금융 그룹의 실제 주인을 암살하려 드는 건 그들의 생리에 맞지 않는 일이며, 조나단과 내가 월가에 보낸 메시지를 무시한 처사였다.

금력으로 겨루고 싶지 않은 그것들의 심정은 이해가 된다.

그렇다고 청소부를 보내?

"하!"

자본 싸움은 없다.

그것들이 폭력으로 일을 해결 보려 했으니 똑같이 되돌려 준다.

멍청한 자식들.

* * *

응당 있어야 할 보고는커녕, 모르는 번호로 전화가 걸려왔다.

노아는 뭔가 잘못됐음을 직감했다.

"BT&T(Bell Telephon&Telegraph)의 회선입니다. 도련님."

조나단 투자 금융 그룹이 최대 주주로 있는 통신 업체였다.

조나단 투자 금융 그룹의 수중에 넘어간 통신 업체인 이상, 송신자의 위치를 추적하거나 감청을 요구하는 일은 어려웠다.

또한 조나단 그룹의 실제 주인인 아시안 녀석에게 청소부를 보낸 시점에서, 조나단 그룹과 관계있는 업체의 회선을 통해 들어온 전화는 우연이 아닐 것이다.

노아가 말했다.

"실패한 것 같군요."

노아의 말에 남자의 얼굴이 한층 더 굳어졌다.

그러나 남자는 십여 년 넘게 머건 가문의 쓰레기들을 치워 온 자다웠다.

남자가 그의 부하들에게 제일 먼저 지시한 일은, 이번 일의 흔적을 지우라는 것이었다. 그건 또 다른 살인의 지시였다.

사건이 법정에서까지 다뤄질 경우를 대비해 바람막이들도 선별해 놓았다.

하지만 조용했다.

"아직까지 신고 접수된 사건은 없다 합니다. 호텔도 마찬가지입니다."

남자는 그것이 더 문제 있다는 어투였다.

노아도 같은 생각이었다.

"조금 더 기다려 봅시다."

시간이 흐른다.

간혹 울리는 전화는 뉴욕 경찰국(NYPD)의 연락이 아닌, 이 늦은 시각에도 가문을 위해 종사하는 중요 인사들의 연락에 불과했다.

처리해야 할 업무가 많았지만, 노아는 일이 손에 잡히지 않았다. 청소부들이 증발한 구역은 빈민가가 아니거니와 타깃 또한, 실패해서는 안 되는 인물이었다.

'그런데 왜 실패한 거지?'

가문의 청소부들은 일류다.

그만한 신분과 재력임에도 장막 뒤에 숨어 있는 걸 과신한 탓이겠지만, 아시안 녀석에게는 붙어 다니는 경호원이 없다는 것도 확인했다.

실패할 이유가 없었다.

이튿날이면 감춰진 신분 그대로, 어느 한국인이 호텔 안에서 무장 강도의 습격에 희생당했다는 기사 한 줄로 끝날 일이었다.

그런 다음에야 사건이 잊혀질 때 즈음 사상 초유의 재산 상속을 놓고 세상이 떠들썩해지겠다만, 조나단 투자 금융 그룹은 이미 지휘관을 잃어버린 뒤일 것이다.

노아는 처리하던 업무에서 손을 놓아 버렸다. 남자를 불렀다.

"파악하지 못한 경호원이 있어, 충돌이 있었다고 가정해 봅시다. 그래서 누구는 사로잡혔다고도 가정해 보는 겁니다."

"제가 확신할 수 있는 것은 누구도 입을 열지 않을 거란 사실입니다."

가장 높은 수준의 특수 부대 생존술(Survival Evasion Resistance and Escape)을 이수한 요원들이다. 그들은 고문에 저항하고 견뎌 내는 방법을 알고 있었다.

남자가 덧붙였다.

"그리고 그들은 입을 열었을 때의 파장을 누구보다 잘 알고 있습니다. 가문을 배신하지 못하는 이들입니다. 아시잖습니까."

"입을 열게 만드는 심문용 약물은 어떻습니까?"

남자의 고개가 저어졌다.

"여긴 전장이 아닙니다, 도련님. 조나단 투자 금융 그룹에서 그만한 자원을 갖췄다고도 생각지 않습니다."

"확고하시군요."

"우리 요원들이 실패하는 것만큼은 면목 없습니다. 이상입니다."

"아실 겁니다. 노출된 이상, 두 번째는 없습니다. 이번 일은 없던 걸로 하겠습니다."

한 번뿐이었던 기회가 날아갔다.

그 아시안은 어찌 됐건 경호 인력을 충원하고 항상 몸을 사릴 거다.

"그런데 문제는 당신의 확신이 틀렸을 때입니다. 만에 하나, 조나단 투자 금융 그룹에도 청소부 조직이 존재한다는 가정을 해 보면……."

맙소사.

노아는 허탈하게 웃었다. 총칼로 싸우고 정적을 제거하기 위해 암살자를 보냈던 중세처럼, 시간이 역행해 버리기 때문이었다.

바야흐로 컴퓨터와 컴퓨터 간의 통신으로 일 처리를 끝내는 시대에 말이다.

노아는 입장을 바꿔서 생각해 보았다. 자신이라도 그럴

것 같았다.

'오히려 상대가 보내는 암살자를 걱정해야 한다니.'

조금도 재미있지 않았다. 불쾌한 짜증만 달라붙기 시작했다.

"덕분에 모든 일정을 취소해야겠군요."

"송구합니다만, 도련님. 그러실 필요까지는 없으십니다."

"그래서 실패해선 안 된다고 몇 번이나 당부했던 겁니다. 저택 경비를 강화시키세요. 최고 수준으로."

하지만 노아는 생각했다.

조나단 투자 금융 그룹에 청소부 조직이 있을 리가 없다.

*　　　*　　　*

남자의 확신이 틀린 경우를 가정해, 법률상의 대응책과 조나단 투자 금융 그룹과의 화폐 전쟁을 계산하다 지쳐 버렸기 때문이었다.

노아는 문득 눈을 뜬 후에야, 잠깐 잠에 들었었다는 걸 깨달았다.

창밖이 밝아 있었다.

전화기를 들었다.

잠든 몇 시간 동안 뉴욕 경찰국으로 접수된 사건이 있는지 확인하기 위해서였다.

그때 등 뒤로 부딪쳐 오는 목소리가 있었다. 가문의 청소부들과 똑같은 느낌이 나는 목소리였다.

"너라는군. 노아."

노아는 그 말 한마디에, 자신의 영혼이 한순간에 얼어붙는 것 같은 지독한 공포를 느꼈다.

실내에 커다란 공백이 찾아왔고, 노아의 움직임이 굳었다.

노아는 가까스로 고개를 돌리지 않을 수 있었다.

이런 경우의 수칙이 있다.

절대 상대의 얼굴을 봐서는 안 된다. 떠는 모습을 보여서도 안 된다.

당당하게.

노아는 사업 이야기를 다루듯이 대응했다.

"세 배를 주지. 그리고 네 고용주로부터 보호도 해 주겠다."

그러는 한편 노아는 의문이 들었다.

조나단 투자 금융 그룹에는 청소부가 존재할 필요가 없었다.

저질스러운 문제들을 일으키고 다니는 수백 명의 혈족들

이 없는 거기는, 조나단과 아시안 녀석 단둘만의 제국 아니던가.

"세 배?"

"그래."

"천하의 머건 가문이라도 감당할 수 없을 텐데."

사내가 차갑게 대꾸했다.

"말만 해. 이 자리에서 즉시 이체해 줄 테니."

"세 배라면 6조 달러쯤 되겠군."

순간 노아는 머리가 지끈거렸다.

확인할 수 없지만 아마 자신의 등 뒤에는 총구 하나가 겨눠져 있을 것이다.

그렇게 자신의 목숨을 담보로, 조나단 그룹에서 보낸 암살자는 장난이나 치고 있었다.

하지만 한편으로는 희소식이기도 했다.

암살자가 일류 프로였다면 말을 섞을 기회도 없이, 자신의 머리에는 이미 구멍 하나가 뚫려 있을 테니까.

그런데 저택 경비는 어떻게 뚫었을까? 노아는 일단 생각을 접었다.

당장이 급했다.

"내 목숨 값이 2조 달러라는 말인가. 그건 영광이긴 한데 진짜를 말해 봐. 봐, 마침 준비되어 있어. 키보드 몇 번

두드리면 된다고."

"착각도 유분수지. 나를 움직이는 데 2조 달러가 든다는 말이다."

사내의 목소리는 싸늘하기만 했다. 장난치고 웃음이 조금도 섞이지 않았다.

그때 한마디가 덧붙여졌다.

"오로지 현금으로만."

당연하다는 듯한 목소리였기에, 진실처럼 느껴지는 힘까지 있었다.

노아는 이래서 가문의 청소부들과 교류한 적이 없었다.

돈을 주고 부리는 자들이고 언제든 손쉽게 잘라 낼 수 있는 자들이지만, 그들 속에 잠재되어 있는 잔인한 폭력성만큼은 노아도 어쩔 수 없는 것이었다.

농담조차도 진짜처럼 느껴지지 않는가.

노아는 본인이 시작한 일이지만, 이 상황이 납득되지 않았다.

머리로는 가능하다는 걸 아는데 가슴으로는 받아들여지지가 않는다.

암살 대 암살의 싸움이라니.

행여나 하고 생각했던 중세에서나 일어날 법한 일이 시작되고 있는 것이었다.

"오로지 현금으로만 6조 달러? 그건 어디서라도 어려워."

노아는 차분하게 말을 이었다.

"6천만 달러라면 가능하지. 그거라면 인생을 바꿀 수 있을 기회가 아닌가. 완벽하게 세탁된 돈이다. 카리브해에서 왕족 같이 살 수도 있지. 그리고 말했듯이, 네 고용주들로부터 보호해 줄 것이다."

"내 고용주라."

"조나단 투자 금융 그룹. 그것들이 줄 수 있는 건 돈밖에 없지. 하지만 나는 새 신분을 만들어 줄 수도 있다. 그것들은 꿈에도 모를 거야."

'그런데 왜 이리 조용한 거야! 대체 왜!'

경비를 최고 수준으로 강화했다.

설사 경비가 뚫렸을지라도, 지금쯤이면 경찰 특공대가 탄 헬리콥터 소리로 상공이 시끄러워야 했다. 노아가 닫힌 문을 노려보았을 때 사내의 대답이 들려왔다. 그 대답만큼은 기다렸던 것이었다.

"만족스럽지 않은 제안이군. 그래도 여기까지 행차한 값은 받아야겠지."

"이제야 대화가 통하는군."

"하지만 6천만 달러로는 안 돼. 단위를 올리기로 하지.

십억 단위로."

"……육십억 달러?"

"그래."

"천문학에서나 다뤄지는 숫자라는 건, 알고 있나?"

"내 하룻밤을 방해한 대가로 그 정도는 받아 갈 수 있다 생각하는데? 여기, 머건 가문 아니었나."

"좋아."

노아는 이를 악물었다.

노트북이 부팅되는 시간 동안 그의 두뇌가 빠르게 돌았다.

목숨이 우선이었다. 그리고 육십억 단위의 자금이라면 암살자가 세탁할 수 있는 규모가 아닐뿐더러, 당연히 흔적을 쫓기에 수월했다.

일단 이 고비를 넘긴 다음 자금을 다시 회수한다. 거기까지가 노아의 생각이었다.

그런데 처음부터 틀어졌다.

노아가 모니터에 찍힌 숫자를 가리키며 말할 때였다.

「 9,132,923,000 $ 」

"확인해. 이 중 60억 달러를 이체하지. 단, 60억 달러까지가 우리가 거래한 금액이란 걸 잊지 말아 줬으면 좋겠군.
계좌 불러."

사내가 코웃음 쳤다.

"AP 머건 그룹의 프롭 계좌(Proprietart account: 기업이
자본을 투자할 때 활용하는, 기업의 전용 계좌)를 띄워서 뭘
하자는 거냐. 역외로 세탁해 둔 자금들 있잖아. 내가 우습
군?"

노아는 아차 싶었다.

암살자는 가문의 청소부들처럼 살인 기술만 가지고 있는
게 아니었다. 금융 지식이 있는 자다.

꿀꺽.

입 안에 가득 고인 침이 노아의 목구멍을 타고 넘어갔다.

"실수였다."

노아가 망설이다가 결정을 내렸다. 다른 계좌를 띄웠다.

이번에는 조세 피난처에 설립된 가문의 비자금 창고 중
하나였다.

「 23,000,000,000 $ 」

"마음이 바뀌었어. 전부 이체해."

사내의 명령이 떨어졌다.

노아가 망설였던 게 이 때문이었다.

상황을 지배하고 있는 암살자의 입장에서는 당연히 큰돈 앞에 거래 금액을 바꿀 수밖에 없다. 그리고 들어줘야만 한다.

'이, 이 고비만 넘기면 다시 회수할 수 있어.'

언제부터였는지 모르겠지만, 노아는 땀에 흠뻑 젖어 등에 달라붙은 셔츠의 이질감이 느껴지기 시작했다.

그의 턱밑에 매달려 있던 땀방울도 뚝 떨어졌다.

"그러지. 계좌 불러."

대답 대신 노아의 어깨 너머로 날아와 떨어진 건 작은 종이 하나였다.

노아는 종이를 집어 들었다.

종이 뒷면에 한자가 섞인 일본어 몇 줄이 적혀 있었다. 계좌 번호는 아니었다. 노아는 간단한 일본어 정도는 읽을 줄 알았다.

그렇게 빠르게 확인한 종이 속의 내용은 짧지만 강렬했다.

이 종이의 주인이 일본 최대 폭력단 중 하나인 야마구치구미(山口組)라는 뜻이었다.

게다가 우연히 이 종이를 습득한 사람에게 경고하듯, 야마구치구미의 두목으로 추정되는 자의 이름과 도장이 찍혀 있기도 했다.

'갑자기 무슨?'

노아는 떨리는 손으로 종이를 뒤집었다.

뒷면에는 바코드가 박혀 있었는데, 젠장 소리가 절로 나왔다.

노아도 그 바코드가 뭔지 알고 있었다.

스위스 은행의 비밀 계좌였다. 여기에 이체하는 순간 추적이고 뭐고 없었다.

그 즉시.

저 계좌 안에 영원히 갇혀 버리는 것이다.

노아는 피눈물을 삼켰다. 선택권이 없었다.

*   *   *

이체를 마친 노아는 온몸의 감각이 곤두서는 느낌을 받았다.

지금껏 목소리만큼은 침착함을 유지했었으나 더는 그럴 수 없었다.

텅 비어 버린 계좌 잔고 앞에서 실감이 들었다.

'아……'

230억 달러가 이리도 허망하게 증발해 버렸다. 그것도 완벽하게 세탁된 230억 달러가.

노아가 떠는 목소리로 말했다.

"축하한다. 단 하룻밤 만에 너는 세계에서 손꼽히는 거부가 되었어."

그런데 어쩐지 불길했다.

노아는 암살자의 침묵이 불편했다.

'설마?'

암살자의 차가운 호흡 소리에 귀를 기울이던 그때, 새로운 지시가 떨어졌다. 당연하다는 듯이 말하는 암살자였다.

"다른 계좌도 열어."

노아는 소리를 지를 뻔했다. 고개도 돌릴 뻔했다.

하지만 목숨이 경각에 달리면 초월적인 힘이 나온다고 했던가.

노아가 그랬다. 그는 끝내 고개를 돌리지 않은 채로 말했다. 꽉 쥔 주먹은 눈에 띄게 부르르 떨리고 있었지만.

"230억 달러는 상상도 현실로 만들어 낼 수 있는 돈이지. 넌 뭐든지 될 수 있어. 평생 노력해도 절대 쓰지 못할 돈이란 말이다."

은행을 수만 번 털어도 쥐지 못할 돈이다. 그 돈의 무게만으로도 암살자 따위는 짓눌러 죽을 돈이다. 한데도 암살자는 만족을 몰랐다.

"돈은 많을수록 좋지."

그런 암살자의 목소리에서 노아는 조금의 흥분도 느낄 수 없었다.

결코 천문학적인 자금을 거머쥔 자의 목소리가 아니었다.

생각해 보건대 암살자는 230억 달러의 가치를 모를 리가 없었다. 프롭 계좌를 알아보고, 추적이 불가능한 스위스 비밀 계좌도 지참해 온 자다.

노아의 떠는 목소리에 분노와 자괴감이 스며든 것도 바로 그때였다.

"내 목숨을 노리고 온 게 아니었군. 우리 가문의 금고가 목적이었던 거냐."

"네 가문의 금고는 그저 전리품이다. 당연한 권리 아닌가?"

"당연해?"

"네가 시작한 싸움이야, 노아. 해서는 안 될 싸움인 걸 몰랐을 테지. 폭력으로 해결 보겠다면 나로선 대환영이다. 멍청한 자식."

노아는 깨닫고 말았다. 암살자의 정체를!

"너······!"

지금까지 살아오며 제 손으로 폭력을 써 본 적이 없던 노아였으나 지금만큼은 달랐다. 주체 못 할 분노가 심장을 채찍질하며 강력한 명령을 뇌로 전달했던 것이다. 노아의 두 눈이 살의로 번질거렸다.

그렇게 만년필을 움켜쥔 즉시, 자리를 박차고 일어났다.

"죽어엇!"

노아는 대상이 눈에 들어오자마자 팔을 휘둘렀다.

어설픈 발악이었다.

그가 제대로 볼 수 있는 건 아무것도 없었다.

끔찍하게 아프기만 했다.

핏물이 쉴 새 없이 흘러내리는 코를 움켜쥐며 신음 소리를 냈다.

"으……."

뒤로 자빠지면서 책상 모서리에 찧은 뒤통수도 욱신거리기 시작했다.

노아는 자신을 향해 놓여 있는 두 발을 노려보았다. 그의 시선이 천천히 올라갔다. 그렇게 암살자의 얼굴을 처음으로 목격했다.

역시 그놈이었다.

나선후.

출입국사무소에 등록된 여권 사진과 동일한 얼굴이다. 다만 여권 사진에서는 놈의 저 무정한 눈빛이 제대로 표현

되지 않았었다.

살인자의 눈빛 말이다.

"어떻게. 어떻게!"

노아가 소리쳤다.

'어떻게 그럴 수가 있어! 어떻게 놈이 직접 나타날 수 있는 거냐!'

아시안 녀석은 금융 쪽으로 특화된 세기의 천재가 맞다.

그러니 불과 12세의 나이에 특별날 게 없던 6년 전의 조나단 헌터를 회유하여 조나단 인베스트먼트를 창립하고, 연전연승의 기적과 같은 성공을 확신하며 기반 작업을 마쳤던 것이다.

그렇게 자금을 세탁하고 조세를 포탈한 것도.

외국계 자금으로 가장하여 제 모국의 경제를 장악한 것도.

독일의 카르얀 가문과 시티의 질리언 투자 금융 그룹을 아군으로 끌어들인 것도.

그래, 모두 천재적인 솜씨다.

아시안 녀석이 벌여 온 일들은 자신처럼 사실 관계를 확인한 사람이 아니고서야 누구도 믿지 못할 이야기였다.

'그런데 왜 녀석이 여기에 있는 거냐고!'

아시안 놈은 가문의 청소부들이 일을 시작할 때에야 보

이는 눈빛을 띠고 있었다.

돈과 폭력은 떼려야 뗄 수 없는 관계라고들 하지만 하위 계급과 코 묻은 돈들을 다룰 때나 통하는 말이지, 놈은 자신과 같은 지배 계급이 아니던가.

놈이 직접 암살자로 나타날 수는 없는 일이다. 놈은 암살자를 보내는 입장이어야지!

노아는 정신이 없었다.

그래도 하나만큼은 분명했다.

놈은 살인을 하는 데 조금의 망설임이 없으며 그러한 기술을 갖췄을 것이다.

어쨌든 원한을 품은 자가 직접 나타났다. 처음부터 놈은 거래 따위를 할 생각이 없었을 것이다. 놈은 가문의 소중한 비자금들을 전리품 따위로만 치부하고 있었다.

'도망쳐야 돼!'

노아는 세이프 룸(Safe room)을 떠올렸다.

이런 경우를 대비해 만들어 둔, 완벽하게 차단된 안전한 공간이 있었다. 거기까지만 도망칠 수 있다면 안전을 보장받은 채 경찰에 긴급 연락을 할 수도 있었다. 그것은 위층에 있었다.

그때 노아는 아시안 놈의 손에 총이 없다는 걸 확인했다.

그래서 그는 안간힘을 다했다. 물론 아시안 놈에게 주먹으로 저항할 생각은 조금도 없던 그라서, 세이프 룸만이 목적이었다.

서재 문을 열고 뛰어나갔다. 넓은 거실에 펼쳐진 광경이 기이했다.

경호원과 저택 고용인들이 쓰러져 있었다. 핏물은 조금도 발견할 수 없이, 그저 고요하니 펼쳐져 있을 뿐이었다.

노아는 그들이 기절한 것인지 죽은 것인지 판단할 수 없었다.

확인할 여유가 없었다.

그냥 정신이 아찔하기만 했다.

뒤를 돌아보자 아시안 놈 아니, 살인마가 본인의 뒤를 쫓아오고 있었다.

살인마는 뛰는 것도 아니면서 빨랐다.

무서운 광경이었다.

치솟은 아드레날린이 노아를 빠르게 만들어 주고 있었지만 균형 감각까지는 아니었다.

"큭!"

노아는 여러 번 균형을 잃었다. 쓰러질 때마다 확인한 뒤는, 거리가 조금도 멀어지지 않은 살인마가 그 자리에 있었다.

"으아아아!"

저택의 높고 많은 계단들이 원망스러웠다. 계단에서도 시신인지, 단지 기절한 것인지 모를 것들이 발에 걸려 댔다.

어쨌거나 노아는 세이프 룸까지 도달해야만 했다. 그것만이 생존할 수 있는 유일한 방법이었다.

노아가 세이프 룸으로 통하는 방에 도달했을 때에, 그는 피투성이였다.

코에서 계속 쏟아지고 있는 핏물 때문이었으며 넘어질 때마다 까인 피부 때문이기도 했다.

세이프 룸은 옷장 안에 숨겨져 있었다.

너무나 겁에 질려 있기 때문일까.

노아는 옷장 안의 옷가지들이 사람의 거죽을 벗겨 놓은 것처럼 보였다.

"으아아아악!"

그는 미친 듯이 손을 휘저었다. 옷장 속의 옷들이 바닥에 내팽개쳐졌다. 비로소 큼지막한 철문이 드러났다.

지문을 인식시키자 철문이 열렸다. 그때 살인마는 방 안으로 얼굴을 들이밀고 있었다. 살인마와 시선이 부딪친 그 찰나가 노아에게는 끔찍이도 길었다.

간신히였다. 노아는 세이프 룸 안으로 들어가 철문을 닫는 데 성공했다.

잠겼다는 걸 알리는 알림음이 짧게 나왔다가 사라지고
나서야, 노아의 두 눈에서 눈물이 하염없이 흐르기 시작했
다.

살았다.

살인마로부터 도망치는 데 성공한 것이다.

6평 남짓한 그 방에는 모든 게 완비되어 있었다. 비상식
량과 식수는 물론 의약품, 현금, 무기 그리고 외부로 연락
이 가능한 위성 전화까지.

"흐으윽. 흐으윽."

노아는 위성 전화기부터 찾았다.

통제되지 않는 손가락으로 어떻게든 경찰에 연락을 하려
던 그때.

쾅!

살인마의 주먹 하나가 철문을 뚫고 나왔다.

12세의 아시안 소년이 6년 만에 지금의 조나단 투자 금
융 그룹이라는 제국을 세운 것보다도, 현실성이 없는 광경
이었다.

살인마의 주먹이 뚫린 구멍 밖으로 사라졌다.

그 다음에 그 구멍을 쥐는 살인마의 손가락들이 보였다.

와지직.

소리는 그렇지만, 대형 은행에서나 쓰일 법한 철문이 찢

기고 있었다. 별 노력 없이 너무나 쉬워 보였다. 그렇게 철문을 종이처럼 찢으며 들어온 살인마는 괴물임에 틀림없었다.

위성 전화기 버튼을 누르다가 괴물에게 찢기게 생겼다. 순간 노아의 뇌리를 스치고 지나간 장면이 바로, 철문처럼 되어 버린 자신의 죽은 모습이었다.

안 돼!

노아는 위성 전화기를 버리고 권총을 쥐었다.

"아아아악!"

비명을 지르자 그동안 없던 힘이 치솟아 올랐다. 생존의 문제가 달렸다. 수단과 방법을 가리지 말고 괴물을 죽여야만 한다.

노아가 그렇게 방아쇠를 당기는 손짓에는 거침이 없었다.

타앙! 타앙! 타앙!

총성이 작은 실내에서 터지며 노아의 고막을 짓뭉개기 시작했다.

그러나 노아에게는 화약 냄새도, 고막의 통증도 느껴지지 않았다.

총격에도 끄떡하지 않은 채 걸어오는 괴물의 모습만 보일 뿐이었다.

총성이 울릴 때마다 괴물의 몸에서 은은한 빛을 머금은 막이 나타났다 사라지길 반복했다. 아름다운 빛이었으나 거기에 매료되기에는, 노아의 공포가 절정에 도달한 상태였다.

잠깐 치솟았던 힘은 거짓말처럼 사라졌다. 괴물과의 거리가 좁혀지고 있었다.

노아는 뒷걸음치다가 벽에 부딪쳤다. 더는 도망칠 곳이 없었다. 탄창이 비워진 총에선 공이 치는 소리만 틱틱 났다.

괴물이 코앞에 이르자, 노아는 다리에 힘이 풀리고 말았다.

본인도 모르게 주저앉아 버린 노아를 괴물이 내려다보고 있었다.

"왜 그래. 이런 걸 바란 거였잖아, 노아."

괴물이 말했다.

*　　*　　*

자체적으로 알아본 결과, 머건 가문은 가주 자리를 놓고 내전이 시작됐다고 한다.

어느 날 갑자기 가주와 후계자가 죽어 버리며 지휘 통계가 증발해 버렸기 때문이었다. 그러나 북미의 전통적인 가문 하나에 불가사의한 사건이 터져 버렸음에도 세상은 조용하다.

경찰 당국은 내전 중인 머건 일족들의 압력에 수사를 중단했으며, 그날에 대한 이야기는 소수의 권력자들 사이에서만 맴돌다 사라졌다.

청소부 조직을 운영했던 자도 그날에 사라졌다.

죽은 자는 말이 없다.

나와 머건 가문 간의 하룻밤은 오로지 내 머릿속에서만 존재했다. 그날 밤의 뒤처리는 완벽했다.

〈 이쪽으로 와. 〉

〈 미국으로? 〉

〈 그래. 장비 제대로 갖추고 시작해야지. 다시 공략 시작이다. 〉

몇 년에 걸쳐 거대 자본 간의 전쟁이 격동했다. 사전 각성자들의 그룹들이 탄생하며 던전을 공략하고 있는 중이다.

하지만 어디까지나 우리 세계만의 일일 뿐, 민간인들은 오늘도 어제와 같은 일상을 살고 있다. 미래에도 그래야 한다.

화폐가 단지 종이 쪼가리에 불과한 미래는 오지 말아야할 것이다.

그 날의 민간인들은 평범하게 일상을 살다가 게이트가 열리면 잠깐 방호 시설로 대피하고, 우리 각성자들이 게이트를 파괴하고 나면 다시 일상으로 복귀하는 것이다.

지금의 문명을 간직한 채 파괴되지 않은 일상으로 한 계단씩.

칠마제(七魔帝)와의 전쟁에 종지부를 찍는다.

우리의 승리로.

난 그날을 꿈꾼다. 그러니 여기서 만족하기에는 터무니 없이 이르다.

아직 멀었다.

더 강력한 금력과 능력이 필요하다.

그런 마음가짐으로 5년의 세월이 흘렀다.

〈다음 권에 계속〉

『제왕록』, 『무림에 가다』 시리즈의 작가 박정수
그가 거침없는 현대 판타지로 돌아왔다!

『신화의 전장』

주먹을 믿지 마라.
우리가 살아가는 이 땅에 인간을 벗어난 자들이 존재한다.

dream
books
드림북스

하라간

쥬논 판타지 장편소설

핏빛 판타지의 연금술사, 쥬논.
그가 펼치는 공포와 선혈의 환상 세계!

『흡혈왕 바하문트』, 『사피로』를 잇는 그 세 번째 이야기.
검푸른 마해(魔海)의 세계에 그대를 초대합니다.

dream
books
드림북스

수라전설 독룡

시니어 신무협 장편소설

ORIENTAL FANTASY STORY & ADVENTURE

"하나도 남김없이 모두 죽일 것이다.
놈들을 전부 죽일 때까지 절대로 끝내지 않아."

유구한 역사를 자랑하는 약문(藥門)들의 잇따른 멸문지화.

시체가 산처럼 쌓이고 피가 바다처럼 흐르는
절망의 지옥에서 마침내 수라(修羅)가 눈을 뜬다!

★
dream
books
드림북스

무적군주
로이스

ORIGINAL FANTASY STORY & ADVENTURE

오렌 판타지 장편소설

만인의 작가 오렌이 선보이는
또 하나의 매력적인 환상의 세계!

'한계를 깨뜨리고 진정한 운명을 개척해?
미스토스의 계약을 하라고? 이게 다 무슨 소리야?'

아무것도 모른 채 마화(魔花) 루비아나의 손에 키워진
로이스에게 미스토스 군주라는 운명이 주어졌다.

무한의 세계에서 펼쳐지는
절대 무적의 군주 성장기가 시작된다!

dream
books
드림북스